THORSTEN KRÄMER

Neue Musik aus Japan

Roman

Kiepenheuer & Witsch

1. Auflage 1999

Lektorat: Martin Hielscher
Umschlaggestaltung: Michael Zöllner, Köln
Umschlagfotos: Wolfgang Betke, Berlin
Gesetzt aus der 11/13° Adobe Caslon
Satz: Greiner & Reichel, Köln
Druck und Bindearbeiten: Clausen & Bosse, Leck
ISBN 3-462-02850-2

Über das Buch

Wie so viele Geschichten beginnt auch dieser Roman mit dem Fernsehen, damals, als man Videoclips in Deutschland noch bei Tele 5 sehen mußte. Weil Arnd und Thomas die gleiche, etwas naive Moderatorin mochten, besuchen sie sich immer noch, und Arnd trampt zu ihm mit Anne, die zufällig ein japanisches Popstück auf ihrem »easy listening«-tape hat. Arnd kennt sich da nämlich aus. Und so nimmt eine der vielen zufälligen Begegnungen in diesem Roman aus 20 Episoden ihren Lauf, die zur Liebe führt oder zu einer flüchtigen Nähe.

Da gibt es die Geschichte von Matthias, der als Kassierer im Supermarkt von einer Chinesin angesprochen wird, weil er wie der junge Camus aussieht, doch Matthias ist gehörlos, und so müssen sie ihren Flirt mit einer Schreibtafel verfolgen. Am Ende versaut Matthias zwar das Familienerbstück, die kostbare Decke, aber dennoch!

Ein wunderbarer Roman über Liebe, Zufall, Sprache, japanische und andere Popmusik, den man lesen kann, wie man eine CD hört: hintereinander oder nach dem Zufallsprinzip.

Der Autor

Thorsten Krämer, 1971 geboren, lebt in Köln. NRW-Förderpreis für Literatur, Rolf-Dieter-Brinkmann-Stipendium der Stadt Köln. Veröffentlichungen: »Ich heiße Hal Hartley«, Film in Worten, 1998; »Fast schon ein Glück«, Erzählungen, 1998. »Neue Musik aus Japan« ist sein erster Roman.

KiWi 543

Im Andenken an meinen Schwiegervater
Kai Yeh 1930–1999

Inhalt

»Halt!« unterbrach der Methusalem ihn schnell. »Sollte das möglich sein! Was ahne ich! Sie sprachen von Petroleum! Sie sprachen ferner von einem Herrn Sei=tei=nei, der in der Provinz Hu=nan wohnt! Sei=tei=nei! Da haben Sie ein ›ei‹ zwischen die Konsonanten und dann noch eines an das Ende des Wortes gesetzt, weil der einzige und eigentliche Vokal des einsilbigen Wortes eben auch ein ›ei‹ ist?« – »So ist es.« – »Der Name lautet also Stein?« – »Ja, Stein. Herr Stein ist mein Pi=li=ni=zi=pa=la, mein Prinzipal.« – »Wie ist sein Vorname?« – »Da=ni=ne=le, also Daniel.« Da stieß Richard einen Schrei des Entzückens aus, eilte auf den Chinesen zu, faßte ihn an der Hand und rief: »Stein – Daniel – ein Deutscher – in der Provinz Hu=nan – Sie kennen also meinen Oheim! Welch eine Überraschung, welches Entzücken! Wie gut, daß wir Sie hereingelassen haben!«

Karl May, *Der blaurote Methusalem*

1995

MARI My Favourite Things

Unsere Geschichte beginnt, wie so viele, mit dem Fernsehen. Mitte der achtziger Jahre, als es in Deutschland weder MTV noch Viva gab, stellte der Münchner Privatsender Tele 5 die einzige Möglichkeit dar, jederzeit Musikvideos zu schauen. Wer sich noch daran erinnert, erinnert sich bestimmt auch noch an Susanne, die Moderatorin einer Sendung mit Underground-Musik, die in ihren Interviews regelmäßig den abgebrühten Indie-Sängern auf den Leim ging. Einmal zum Beispiel redete sie nach einem Konzert mit Henry Rollins, der erst über den Übermenschen dozierte und ihr dann erzählte, er habe vor einem Jahr am selben Ort einen Typen die Treppe heruntergetreten, der wahrscheinlich dort immer noch am Fuß der Treppe liege, da er nämlich ziemlich feste zugetreten habe. Natürlich glaubte Susanne ihm aufs Wort und erhob zaghaften Widerspruch, ob das denn wirklich so ganz richtig sei, einfach jemanden die Treppe herunterzutreten. Wenn er zu schwach ist, sich zu wehren, sagte da Rollins. Und weil sie so süß und arglos war, war Arnd, dessen Eltern erst 1986 in ein Haus mit Kabelanschluß gezogen waren und der bis dahin nur *Formel Eins* hatte empfangen können, sofort verliebt in sie, und auch sein Klassenkamerad Thomas war aus den gleichen Gründen ganz begeistert von Susanne. Über diese Gemeinsamkeit wurden die beiden bald gute Freunde und blieben es auch. Zwar sahen sie sich seit dem Abitur nicht mehr so häufig, da Arnd nun in Köln und Thomas in Hamburg lebte, aber mindestens einmal im Jahr besuchte einer den anderen. Es war nun wieder einmal Arnd an der Reihe, nach Hamburg zu fahren. Er hatte kurz vorher seine zehnte Fahrt bei der Mitfahrzentrale gemacht und nun eine Freifahrt zur Verfügung, die er bei dieser Gelegenheit in Anspruch nahm. Um zehn Uhr in der Früh fand sich Arnd am vereinbarten Treffpunkt in der Südstadt ein und hielt Ausschau nach einem weißen Golf mit Hamburger Kennzeichen. Nach fünf Minuten erschien auf der anderen Straßenseite ein Punk mit einer roten Sporttasche, den Arnd als den zweiten Mitfahrer identifizierte. Sie stellten sich vor und warteten dann weiter. Um zwanzig nach kam dann eine blonde Frau auf sie zu, entschuldigte sich für die Verspätung und erklärte die Lage: Jemand, sie wisse schon wer, aber das tue jetzt nichts zur Sache, habe ihr über Nacht alle Reifen zerstochen, sie habe noch versucht anzurufen, aber sie seien wohl schon auf dem Weg gewesen, darum sei sie dann so schnell wie möglich mit der Bahn hierher, sie wisse auch nicht, wie weiter. Arnd schlug vor, erst mal einen Kaffee trinken zu gehen. Sie setzten sich in ein Café in der Nähe und führten eine Art Brainstorming durch. Die einzige Möglichkeit, die ihnen am Ende blieb, bestand in einer Freundin der Fahrerin, die am selben Nachmittag ebenfalls nach Hamburg fahren wollte. Sie selbst würde sich zwar jetzt um den Wagen kümmern müssen, aber zumindest die beiden Mitfahrer kämen so doch noch ans Ziel. Ein Anruf, und die Sache war verabredet. Na also, sagte der Punk. Die Freundin hieß Anne und arbeitete für den NDR. Als sie aus dem Wagen stieg, wehte Arnd ein Hauch ihres Parfums entgegen, er wußte nicht, welche Marke. Poison, sagte der Punk, und Anne nickte bestätigend. Auf den ersten fünfzig Kilometern erzählte Jürgen, so hieß der Punk, von seiner Zeit in der Parfümerie seiner Eltern, wie er nach der Schule dort eine Ausbildung angefangen und schließlich abgebrochen hatte, und von einigen der verdrehten Kunden, deren Akzente und Sprachfehler er auf das lustigste nachahmen konnte. Arnd, der hinten saß, hatte ein wenig Hörprobleme, wenn er den Mund eines Sprechenden nicht sehen konnte, was auf der Rückbank des Wagens ständig der Fall war, so daß er nicht alles mitbekam und infolgedessen auch selbst eher still blieb. Schließlich wandte sich Anne direkt an ihn: Und du, was hast du Lustiges zu erzählen? Bitte? fragte Arnd hilflos zurück, und Anne fing schon an zu lachen. Weiter sagte niemand etwas, und nach einer Zeit legte sie eine Kassette ein, ihr Easy-Listening-Tape, wie sie es nannte. Nach den ersten Tönen begann Jürgen, unruhig auf seinem Sitz herumzurutschen. Ich hab' auch ein Tape dabei, bot er an, doch Anne ließ sich das Kommando über das Autoradio nicht entreißen. Mir gefällt's, ließ Arnd von hinten verlauten. Das nächste ist mein Lieblingsstück, kündigte Anne an. Arnd hatte sich inzwischen auf der Rückbank so postiert, daß er Annes Mund im Rückspiegel sehen konnte und sie jetzt besser verstand. Er nickte erwartungsvoll. Als er den Anfang von *Twiggy* erkannte, wurde er fast rot. Das ist Pizzicato Five, sagte er. Anne nickte. Einen Moment überlegte Arnd, ob er es ihr sagen sollte, dann nahm sie ihm den Entschluß ab, indem sie sagte: Ich probiere immer, den Refrain zu verstehen, damit ich mitsingen kann, aber ich schaffe es nicht, alle Silben zu hören. Weißt du, was die singen? Arnd holte noch einmal tief Luft, dann erklärte er ihr, daß das meiste sowieso englische Wörter seien, die lediglich durch die japanische Aussprache ein wenig verzerrt klängen. Kannst du japanisch? fragte die immer neugieriger werdende Anne. Ein bißchen, bestätigte Arnd. Es stellte sich heraus, daß Anne gerne mehr über japanische Musik erfahren wollte, und Arnd bot ihr an, eine Kassette für sie zusammenzustellen, da er sich ein wenig in dem Gebiet auskenne. Als sie in Hamburg angekommen waren, tauschten sie beim Abschied ihre Adressen und Telefonnummern aus, und Arnd versprach, sich bei ihr zu melden, sobald die Kassette fertig sei. Von einer Telefonzelle rief er Thomas an, der ihn eine Viertelstunde später mit dem Wagen abholte. Thomas hatte vor einem Jahr geheiratet, als einer der ersten aus ihrer Jahrgangsstufe, und bewohnte mit seiner Frau eine Wohnung im Süden Hamburgs. Die beiden waren nicht unbedingt vermögend, aber da beide verdienten, konnten sie sich drei Zimmer leisten, so daß sie häufiger Gäste beherbergten. Arnd fühlte sich stets sehr wohl bei ihnen, auch mit Anja, der Frau seines Freundes, hatte er sich sofort gut verstanden. Gewöhnlich nutzte er die Zeit in Hamburg daher auch, um sich wirklich zu erholen von den Problemen, die er zu Hause hatte, meistens wegen irgendeiner unglücklichen Liebe. Nirgendwo, das hatte er inzwischen herausgefunden, konnte er so gut ausspannen wie bei diesem jungen Ehepaar. Seinen Gastgebern selbst war nicht entgangen, wie wohl sich Arnd bei ihnen fühlte, und so luden sie ihn jedesmal aufs neue wieder gerne ein. Um so überraschter waren sie, als Arnd seinen Entschluß bekanntgab, dieses Mal schon vor der verabredeten Zeit wieder abzureisen, nämlich bereits nach vier Tagen. Ich dachte, du hast gerade sowieso nichts zu tun, sagte Thomas. Das dachte ich auch, stimmte ihm Arnd zu, aber inzwischen hat sich da etwas ergeben, mit dem ich vorher auch nicht rechnen konnte. Und deshalb mußt du jetzt sofort abreisen? fragte Thomas ungläubig. Arnd nickte wortlos, nahm seine Tasche und ging. Später mehr, versprach er beim Abschied. Er erwischte gerade noch den letzten Intercity nach Köln, nicht einmal bis zum Samstag und dem damit verbundenen Wochenendticket hatte er warten können; Geld spielte in seiner Situation ohnehin keine Rolle mehr. Um diese plötzliche Entschlossenheit zu verstehen, müssen wir noch einmal in die Zeit des ersten Kabelanschlusses zurück, als

Arnd die erste seiner berühmten Kassetten aufnahm, und zwar für ein Mädchen aus seiner Klasse, das, dies gleich vorausgeschickt, diese Tat nicht im gehörigen Maße zu schätzen wußte. Was sie nämlich bei dem rechteckigen kleinen Tonträger, den sie schließlich in Händen hielt, zu leichtsinnig übersah, war die ungeheure Akribie, die der Compilator bei der Zusammenstellung der einzelnen Titel bewiesen hatte, die zum Teil aufwendigen Recherchen, die manche entlegenen Stücke an den Tag gebracht und zugänglich gemacht hatten, kurzum: all die Liebe, die der schüchterne Arnd nur auf diese Weise auszudrücken vermochte. Inzwischen freilich hatte Arnd sein Repertoire an Ausdrucksmöglichkeiten etwas erweitert, doch noch immer war ihm das Aufnehmen von Kassetten, d. h. die Zusammenstellung der verschiedensten Musiken zu einem bestimmten Thema, eine Frage der Ehre. Und so konnte er auch nicht länger in Hamburg untätig seine Zeit vertun, wenn er Anne eine solche Kassette versprochen hatte. Dieser Japan-Mix stellte nämlich ein gewisses Problem dar. Zwar interessierte Arnd sich tatsächlich für Japan, besonders für die Sprache, und hatte auch ein wenig japanische Musik zu Hause, doch reichte dies noch lange nicht für eine ganze Kassette, da er sich auf keinen Fall mit den Interpreten wiederholen wollte. Er mußte also selbst noch einige neue CDs kaufen, bzw. erst einmal ausfindig machen, und allein dafür brauchte er Tage, vorsichtig geschätzt. Die Sache war also mehr als ernst, und gerade Anne wollte er nicht gleich zu Anfang enttäuschen. Während er also den anderen Reisenden, die sich an ihm vorbeischoben, den Weg zum Bord-Treff erklärte, machte er sich Gedanken über den Anfang, den Einstieg in die Kassette. Er wollte mit etwas anfangen, das jeder kennt, damit die Überraschung später um so größer wäre. Die bekanntesten japanischen Musiker waren Pizzicato Five und vor allem Ryuichi Sakamoto; ein Stück von Pizzicato Five aber hatten sie schon im Auto gehört. Arnd fiel ein, daß die erste japanische Musik, die er gehört hatte, auch von Sakamoto gewesen war. 1989 hatte er, wahrscheinlich auf Tele 5, das Video zu *Risky* gesehen. Damals dachte er ungefähr: Seltsam, dieser Japaner klingt genau wie David Bowie. Daß es sich bei dem Sänger um Iggy Pop handelte, hatte er erst später erfahren. Jetzt im Zug konnte er sich noch gut an das Video erinnern, schwarzweiß oder sepiabraun, Industriemaschinen und zwischendurch immer eine schlanke Frau, auf einem Bett oder Sofa sitzend, ein bißchen unheimlich, aber auch anziehend, er hatte damals gedacht, die Frau *hieße* Risky, was ihm als ein sehr passender Name vorgekommen war. Alles in allem erschien es ihm nun als die ideale Wahl für den Opener. Eigentlich erstaunlich, daß er sich die CD mit diesem Lied, *Neo Geo*, nicht schon früher gekauft hatte. Als er in Köln ankam, ärgerte er sich, daß die Geschäfte schon geschlossen waren und er deshalb bis zum nächsten Morgen warten mußte. Inzwischen konnte er es kaum noch erwarten, das Lied nach all den Jahren zum ersten Mal wieder zu hören. Also stand er am folgenden Tag früh auf und fuhr mit der Bahn zu Saturn am Hansaring. Er fand die CD sofort, Sakamoto hatte ein eigenes Fach, es gab sie sogar als *Nice Price*. Wieder zu Hause, legte er sie gleich in den CD-Player ein, drückte auf Play und übersprang die beiden ersten Stücke. *Born in a corporate dungeon*, setzte Iggy Pop gleich nach dem Beat ein, *where people are cheated of life* ... Tatsächlich, dachte Arnd, weiß ich so gut wie nichts über sie. Was, wenn ich gar nicht ihrem Standard entspreche? Immerhin scheint sie ganz gut zu verdienen. Vielleicht hat sie ja auch schon einen Freund oder ist sogar verheiratet! Ein tiefer Zweifel, ob er jemals werde glücklich sein können, befiel Arnd, und er mußte sich erst einmal aufs Bett legen, wo er bald einschlief. Gegen Mittag weckte ihn das Telefon, eine Frauenstimme fragte ihn, ob er eine Freundin habe. Ja, sagte Arnd ohne Zögern, und die Anruferin legte auf. Arnd freute sich über seine spontane Antwort, die ihn selbst überraschte, und da er nun schon einmal am Telefon saß, kam ihm die Idee, vielleicht bei Anne anzurufen und sie über den Stand der Aufnahmen für ihre Kassette in Kenntnis zu setzen. Sicher würde sie sich freuen, daß er so gewissenhaft war. Oder sie hielte ihn für leicht bescheuert, daß er die Sache so übertrieb. Arnd war sich nicht sicher, wie solch ein Anruf auf sie wirken würde, das Ganze war im Moment noch eine Gleichung mit zu vielen Unbekannten. Um die Leerstellen zu füllen, würde er einfach etwas riskieren müssen, und als ihm dies klar geworden war, wählte er ohne weiteres Zögern Annes Hamburger Nummer. Dort meldete sich der Anrufbeantworter, der ihm mitteilte, daß Anne zur Zeit nicht zu Hause sei. Arnd legte auf, bevor die Ansage zu Ende war, er wußte nicht, was er auf das Band sprechen sollte. Statt dessen suchte er aus seinen Platten und CDs diejenigen heraus, die aus Japan stammten, und brachte den Rest des Tages damit zu, sie sich alle anzuhören. Dabei machte er sich erste Notizen für eine mögliche spätere Abfolge von Titeln. Gegen Abend bestellte er eine Pizza, die eine halbe Stunde später geliefert wurde. Danach guckte er zur Zerstreuung noch etwas Fernsehen, dann legte er sich schlafen. Am nächsten Tag klapperte er verschiedene Plattenläden in der Stadt ab und kaufte mehrere CDs, darunter auch teure Importware, die er dann abends durchhörte. Schließlich ging er mit dem Gedanken, nun genügend Material zu haben, zufrieden ins Bett. Er brauchte dann noch fast drei Tage, um eine endgültige Auswahl und Reihenfolge zu beschließen, alles aufzunehmen und die Gestaltung der Kassettenhülle zu konzipieren und auszuführen. Der Titel allerdings bereitete ihm noch einiges Kopfzerbrechen. Am Ende blieb er bei *Made in Japan*, in Anspielung auf das erste Album von Pizzicato Five, das auch außerhalb Japans erschienen war, *Made in USA*. Sobald er alles fertig hatte, schrieb er einen kurzen Begleitbrief, tütete Brief und Kassette in einen Umschlag ein und brachte diesen zur Post. Auf dem Weg nach draußen fiel ihm sein Spiegelbild in der Glastür auf, es ist mal wieder Zeit, dachte er, für eine neue Frisur. Wenn man es im nachhinein betrachtet, begann sein Warten auf Annes Antwort bereits in diesem Moment, als er das Postamt verließ. Auf keinen Fall aber, soviel war auch damals schon sicher, würde er sie anrufen, um ihre Meinung in Erfahrung zu bringen, jetzt war es allein an ihr, den nächsten Schritt zu tun.

1989

GUERNICA Belagerungszustand

Die Geschichte des Kontaktes unterschiedlicher Kulturen ist zwangsläufig immer auch eine Geschichte von Mißverständnissen, ganz so, wie jedes neue Transportmittel auch immer eine neue Art des Unfalls mit sich bringt. Sobald Daniel angefangen hatte, Japanisch zu lernen, waren ihm immer wieder Leute begegnet, die sich Japanisch wie Chinesisch vorstellten, also mit für einen Deutschen absurd klingenden Tonhöhenschwankungen und zahlreichen Zischlauten. Jedesmal klärte Daniel dieses Mißverständnis behutsam auf, ohne sein Gegenüber in irgendeiner Weise auflaufen zu lassen. Tatsächlich nämlich geschah es auch ihm gelegentlich, daß er auf der Straße einen asiatischen Touristen auf Japanisch ansprach, der sich aber als Koreaner oder Chinese entpuppte. Daniel entschuldigte sich dann schnell auf Englisch und nahm sich im stillen vor, eines Tages auch noch Koreanisch, zumindest aber Chinesisch zu lernen. In dem Sommer aber, von dem hier erzählt werden soll, beschäftigte er sich mit einer ganz anderen Sprache, nämlich dem Tschechischen. Er hatte gerade die Zwischenprüfung an der Universität bestanden und wollte sich zur Belohnung einen Urlaub in Prag gönnen. Seitdem er einige Jahre zuvor auf dem Rückumschlag der rororo-Kafka-Monografie dieses seltsame Foto vom Altstädter Ring gesehen hatte, war es sein Wunsch gewesen, einmal selbst wie der am unteren Rand erst auf den zweiten Blick erkennbare Spaziergänger dort im Schatten des Rathauses entlangzugehen. Jetzt also war es soweit, er hatte für drei Wochen ein kleines Zimmer gemietet, die Preise in der Tschechoslowakei waren niedrig und machten eine Unterkunft in der Innenstadt auch für ihn erschwinglich. Er wollte sogar eine alte Reiseschreibmaschine mitnehmen, die ihm von einem Onkel vererbt worden war. Auch wenn er sonst noch nie versucht hatte, etwas zu schreiben: Man konnte nie wissen, wie sich die Atmosphäre einer Stadt wie Prag auf ihn auswirken würde. Auch seine Karteikästen mit den japanischen Vokabeln und die dazugehörigen Lehrbücher und Grammatiken packte er in den Koffer, zur Sicherheit. Ansonsten nahm er sich nichts vor für die Zeit seines Urlaubs, er wollte sich einfach leiten lassen vom Leben in der Stadt dort. Als der Tag der Abfahrt gekommen war, fand er sich früh am Morgen hinter dem Hauptbahnhof ein, von wo der Bus losfahren sollte. So wie er waren auch die meisten anderen Fahrgäste junge Leute, die mehr oder weniger auf gut Glück fuhren oder Verwandte in der Tschechoslowakei hatten. Ein Mädchen setzte sich neben ihn, das während der ganzen Fahrt ihren Walkman nur ein einziges Mal abnahm, um ihn zu fragen, wie weit es noch sei. Daniel versuchte, sich an das letzte Ortsschild zu erinnern, das draußen vorbeigezogen war, dann fiel ihm ein, daß sie ja ohnehin die Grenze noch nicht erreicht hatten, und so schätzte er, daß sie jetzt ungefähr auf der Hälfte seien. Das Mädchen nickte, sie hatte ein kleines Muttermal über dem linken Auge, dann setzte sie den Kopfhörer wieder auf und versank in ihrer Musik, deren Stil Daniel noch nicht hatte identifizieren können. Tatsächlich, bemerkte er, hatte er noch nie jemanden getroffen, der so leise Walkman hörte. Kurz darauf tauchten die ersten Hinweisschilder auf die Grenze am Straßenrand auf, es wurde unruhig im Bus, als jeder nach seinem Pass zu suchen begann. Der Fahrer hielt neben dem Zollhäuschen, zwei Beamte in unterschiedlichen Uniformen gingen die Reihen ab und kontrollierten die Unterlagen der Reisenden. Es gab keine Schwierigkeiten, nach wenigen Minuten konnte die Fahrt fortgesetzt werden. Hinter der Grenze veränderte sich die Landschaft abrupt. Sie fuhren durch ein Tagebaugebiet, das ohne Rücksicht abgewirtschaftet worden war, überall nur braune Erde, so gut wie keine Vegetation, es sah aus wie auf dem Mond. Dann, nach einer Weile, wurde der Anblick wieder besser, kamen die ersten Büsche und Bäume in Sicht. Der Rest der Strecke bis Prag sah wieder ähnlich aus wie in Deutschland. Als sie durch die Vororte der Hauptstadt fuhren, fiel Daniel auf, wie grau viele der Häuser waren, wie in *Momo*. Der Bus fuhr bis in die Innenstadt, in die Nähe des Karlsplatzes. Die Reisenden stiegen aus, nahmen ihr Gepäck aus den Stauräumen des Busses und zerstreuten sich. Daniel schulterte seinen Rucksack, mit Hilfe des Stadtplanes suchte er den Weg zur Jungmannova, der Straße, in der sein Zimmer lag. Als er vor dem Haus stand, klingelte er bei dem Vermieter, der im Erdgeschoß wohnte. Er war ein etwas dicklicher Mann um die Vierzig, der Daniel auf Deutsch begrüßte. Das Zimmer lag im zweiten Stock, hatte ein Fenster zur Straße und war recht gemütlich eingerichtet. Daniel zahlte die verabredete Miete im voraus, der Mann verabschiedete sich und wünschte Daniel einen guten Aufenthalt. Allein in dem Zimmer, in dem er die nächsten drei Wochen wohnen würde, ging Daniel als erstes ans Fenster und warf einen Blick nach unten. Einige Passanten gingen vorbei, insgesamt machte die Straße einen eher ruhigen Eindruck. Dann testete er das Bett, indem er sich mehrmals kräftig mit beiden Händen darauf abstützte. Die Matratze gab nach, aber nicht zu sehr, sie schien noch nicht sehr alt zu sein. Daniel ließ sein Gepäck ungeöffnet im Zimmer stehen und ging nach unten. Er holte den Stadtplan hervor und suchte die nächste U-Bahn-Haltestelle. Die Rolltreppen dort liefen rasend schnell, auch waren sie viel steiler und länger als die der Kölner U-Bahn. Er informierte sich darüber, welches Ticket für ihn am günstigsten war, ob er sich mehrere Wochentickets oder lieber gleich eines für den ganzen Monat kaufen sollte, ob er überhaupt viel mit den öffentlichen Verkehrsmitteln fahren mußte. Nach den ersten Tagen, so hatte er es sich vorgenommen, wollte er die Sehenswürdigkeiten durchhaben, den Hradschin, die Josefstadt, das Jesuskindlein usw., danach wollte er leben wie ein Einheimischer. Allerdings schrieb nur eine kleine Minderheit der Prager Romane, und so ergaben sich für Daniel einige Schwierigkeiten bei der Gestaltung seiner Tage. Denn während andere zur Arbeit gingen, saß er an seinem Manuskript und quälte sich Satz um Satz ab, ohne je wirklich mit dem Ergebnis zufrieden zu sein. Er wollte eine Geschichte über ein junges Ehepaar schreiben, das anläßlich einer Pragreise in eine Krise stürzt und außerdem in eine mysteriöse Affaire verwickelt wird. Leider aber hatte er keinen geregelten Rhythmus, wie etwa Kafka ihn durch die Arbeit in der Versicherung gehabt hatte, er konnte schreiben, wann immer er wollte, und gerade das schien ihm nun das Schreiben zu erschweren, wenn nicht unmöglich zu machen. Also unternahm er Spaziergänge, um sich von seiner Geschichte abzulenken. Zunächst ging er nur morgens los, in der näheren Nachbarschaft. Da das Essen so billig war, aß er gewöhnlich unterwegs in einem Restaurant, und das wiederum führte dazu, daß er mittags nicht unbedingt nach Hause mußte; bald verbrachte er ganze Tage unterwegs in der Stadt. Dabei lernte er nur selten jemanden kennen, entwickelte auch keine Gewohnheiten, die ein Kennenlernen erleichtert hätten, kaum, daß er ein Café oder eine Gaststätte zweimal aufsuchte. Er ließ sich treiben, war bald selbst wie eine Figur in seiner Geschichte, die der Faszination Prags erliegt und ihre eigenen Ziele und Absichten völlig vergißt. Er vergaß auch die begrenzte Zeit seines Aufenthaltes, noch am vorletzten Tag vor seiner Abfahrt ging er in das Brauhaus *U Fleku* und saß dort für Stunden, ungeachtet der Tatsache, daß in seinem Zimmer ein Stapel weißer Blätter auf ihn wartete. Dabei hatte er sein Vorhaben mit dem Roman noch nicht ausdrücklich aufgegeben, es war halt eben nur noch nicht der Funke übergesprungen, der es ihm ermöglicht hätte, ohne Unterbrechung an seiner Geschichte zu sitzen. Und anstatt sich zu Hause zu quälen, saß er lieber hier im Brauhaus und betrachtete die Leute, vielleicht ergab sich ja dadurch etwas für seinen Roman. An einem Tisch gegenüber saßen zwei ältere Männer, die sich angeregt auf Tschechisch unterhielten, leider verstand er nichts von ihrem Gespräch. Ein junger Asiate kam herein, blickte sich kurz um und setzte sich dann auf einen freien Platz neben Daniel. Er bestellte auf englisch, Daniel fragte sich, ob er wohl Japaner sei. Sumimasen ga, sprach Daniel ihn an, anata wa nihonjin desu ka? Bitte? machte der andere verdutzt, und Daniel fragte ihn, nun selbst etwas überrascht, ob er Deutscher sei. Ja, sagte sein Nachbar, das heißt … Es stellte sich heraus, daß er aus der DDR kam und in den Westen wollte, über die deutsche Botschaft. Sein Name war Kai, und als Daniel ihn nach seiner Herkunft fragte, erzählte er, wie sein Vater als Stipendiat aus der Volksrepublik China nach Ost-Berlin gekommen war, wo er eine andere Chinesin kennengelernt und schließlich geheiratet hatte, seine Mutter. Daniel interessierte sich nicht sehr für Politik, und so klärte ihn Kai über die Grenzöffnung Ungarns auf und weshalb er und viele andere DDR-Bürger jetzt in die deutsche Botschaft in Prag wollten. Ist das nicht gefährlich? fragte Daniel. Was ist heute schon ungefährlich? Kai wollte noch am selben Abend in die Botschaft, er war eine Stunde zuvor schon einmal dagewesen, aber es hatte zuviel tschechische

Polizei patrouilliert. Was passiert, wenn die dich erwischen? Keine Ahnung. Langsam wurde Daniel aufgeregt. Er konnte sich nur schwer vorstellen, was es für Kai bedeuten mußte, dort in die Botschaft zu gehen. In beiden Fällen, Erfolg oder Mißerfolg, war es völlig ungewiß, was mit ihm geschehen würde. Und doch saß Kai ihm ruhig gegenüber, als sei sein Plan wirklich nur ein Plan, ohne jede konkrete Bedeutung, aber das war er nicht. Kai zahlte und stand auf. Ich muß los, sagte er, wenn du willst, kannst du ja noch ein Stück mitkommen. Sie verließen das Brauhaus, Kai hatte seinen Trabant zwei Straßen weiter geparkt. Daniel wollte wissen, was aus dem Wagen würde, Kai schenkte ihn ihm, doch doch, sagte er, ich kann sowieso nichts mehr damit anfangen. Daniel gab ihm seinen Rest Westgeld, das er noch nicht getauscht hatte. Sie fuhren über die Moldau, in Richtung des ehemaligen Palais Lobkowitz, in dem sich nun die deutsche Botschaft befand. Es dämmerte. Daniel erinnerte die Gegend plötzlich an einen Agentenfilm, den er einmal vor Jahren gesehen hatte. Kai parkte und gab Daniel die Schlüssel. Daniel holte etwas zu schreiben hervor und notierte seine Adresse, aber Kai meinte, das könne ihn unter Umständen in Schwierigkeiten bringen, er solle den Zettel lieber behalten. Statt dessen prägte er sich die Adresse ein, zumindest den Namen würde er wohl auf alle Fälle behalten. Sie umarmten sich zum Abschied, Daniel wünschte ihm viel Glück, dann ging Kai los, Daniel folgte ihm nach einer Minute. Er sah, wie Kai vor ihm die Straße zur Botschaft entlangging, ein scheinbar unbeteiligter Passant. Dann, als er in die Nähe des Tores kam, blieb er kurz stehen, um sich eine Zigarette anzuzünden. Daniel rückte näher auf, Kai setzte sich wieder in Bewegung. Als er noch etwa fünf Meter von dem Tor, in dessen Nähe ein tschechischer Polizist Wache stand, entfernt war, rannte er ohne sichtbaren Übergang los. Der Polizist drehte sich zu ihm um und rief etwas auf Tschechisch, Kai reagierte nicht. Daniel war stehengeblieben, er meinte auf dem Gesicht des Polizisten einen Ausdruck der Irritation zu erkennen, vielleicht, weil dieser nicht mit einem Asiaten gerechnet hatte. Tatsächlich war der Polizist wie versteinert, er sah einfach nur zu, wie Kai das Tor erreichte und von den Angestellten der Botschaft hineingelassen und begrüßt wurde. Schließlich schüttelte der Polizist den Kopf, steckte sich eine Zigarette in den Mund und drehte sich in die andere Richtung. Am liebsten hätte Daniel versucht, ob er es ihm auch so einfach machen würde, doch dann wandte er sich um und ging zu seinem neuen Wagen. Die Papiere befanden sich, wie Kai gesagt hatte, im Handschuhfach. Er fuhr in die Jungmannova und ging hinauf in sein Zimmer. Zum ersten Mal fiel ihm auf, wie dunkel das Zimmer eigentlich war. Er befand sich in einer seltsamen Stimmung, einerseits freute er sich für Kai, andererseits schämte er sich für seine eigene Einfallslosigkeit. Denn vor dem Hintergrund dieser gerade erlebten realen Geschichte kam ihm sein Roman mit einem Mal schal und bedeutungslos vor, einfach eine erfundene Geschichte mehr für den ohnehin schon unüberschaubar gewordenen Fundus an Fiktionen. Er überflog noch einmal die wenigen Seiten, die er bisher zustande gebracht hatte, dann knüllte er sie zusammen und warf sie ins Waschbecken. Mit einem Streichholz zündete er den Haufen an und sah zu, wie sich das Papier zuerst langsam, dann immer schneller, in Asche verwandelte. Nachher fühlte er sich besser, er beschloß, den letzten Tag zu nutzen, um mit dem Trabant einen Ausflug in die nähere Umgebung zu machen. Er fuhr nach Norden, dem Lauf der Moldau folgend. In einem kleinen Ort ging eine Art Fest vor sich, eine Taufe oder Hochzeit vielleicht, auf jeden Fall stand ein junges Paar mit einem kleinen Kind im Mittelpunkt der Aufmerksamkeit. Man lud ihn, den Fremden auf der Durchreise, gerne ein.

1995

KEN ISHII Moved By Air

Sein Wecker war über Nacht kaputtgegangen, und so wurde Matthias an dem Tag, da er in Babelsberg das Casting haben sollte, nicht wie sonst vom Rütteln des Bettes, sondern, viel zu spät, vom Sonnenlicht geweckt. Er schaute hinüber zur Uhr, vor zwanzig Minuten hatte das Casting begonnen, nach Babelsberg bräuchte er mindestens eine Stunde, es war aussichtslos. Er stand auf, trat wütend gegen das Bett und ging erst einmal auf die Toilette. Im Supermarkt hatte er sich für heute frei genommen, nun wußte er nicht, was anfangen mit dem geschenkten Tag. In der Küche schaute er aus dem Fenster, draußen ging lautlos ein schwerer Regen nieder. Während er das Frühstück machte, überlegte er, ob er bei solch einem Wetter nicht lieber zu Hause bleiben sollte. Er aß zwei Scheiben Brot, spülte das benutzte Geschirr gleich wieder klar und schaltete in seinem Zimmer den Rechner an. Ein Freund hatte ihm eine mail geschickt, um ihn für den kommenden Sonntag zum Essen einzuladen, sonst waren keine Nachrichten für ihn eingegangen. Er versandte eine kurze Antwort, daß er gerne komme, dann saß er unschlüssig vor der Tastatur, bis irgendwann der Bildschirmschoner anging. Matthias schaltete den Rechner wieder aus und ging hinüber ins Schlafzimmer. Dort setzte er sich aufs Bett und nahm sein Buch zur Hand. Vor mehreren Wochen hatte er begonnen, *Auf der Suche nach der verlorenen Zeit* zu lesen. Nach einem schon vor Jahren unternommenen Versuch, der aber gescheitert war, hatte er sich diesmal fest vorgenommen, alle sieben Bücher zu lesen. Bisher lief es ganz gut, er war in der Mitte des dritten Buches, und was das Wichtigste war: Die Lektüre machte ihm immer mehr Vergnügen. So kam es dazu, daß er, ohne sich ausdrücklich dazu zu entschließen, den gesamten Rest seines freien Tages, bis auf zwei kurze Essenspausen, mit Lesen verbrachte. Als er am Abend das Licht löschte, erinnerte er sich daran, daß er das letzte Mal als Kind auf einer Zugfahrt so lange ohne Unterbrechung in ein Buch vertieft gewesen war, damals hatte er an einem Tag *Die unendliche Geschichte* gelesen. Mit dem Gedanken, daß etwas, was er als Kind gekonnt hatte, ihm also auch heute noch möglich war, schlief er zufrieden ein. Den defekten Wecker hatte er völlig vergessen, bis dieser plötzlich mitten in der Nacht losging. Benommen setzte Matthias sich in dem heftig vibrierenden Bett auf, tastete nach dem Schalter und brachte die Bewegung zum Stillstand. Es war halb vier Uhr früh. Nun, das war ihm sofort klar, würde er nicht mehr schlafen können, allein mit dem Gedanken daran, daß der Wecker entweder wieder nicht funktionieren würde und er erneut verschliefe, oder aber zu jedem beliebigen Zeitpunkt außer dem gewünschten wieder losginge. Er stand auf, wusch sich, zog sich an und verbrachte die restliche Zeit, bis er zur Arbeit aufbrach, mit leichten Aufräumarbeiten. Im Supermarkt war es wie immer, der Morgen verging einigermaßen schnell, doch nach der Mittagspause zog sich der Nachmittag hin, bis sich dann in den letzten zwei Stunden der Laden noch einmal füllte, die Schlangen länger wurden. Um kurz nach sechs Uhr war bei Matthias eine junge Asiatin an der Kasse, die ihn freundlich anlächelte, ganz so, als seien sie sich schon einmal irgendwo begegnet. Während er die Preise in die Kasse tippte, holte die Frau ein Taschenbuch hervor und sagte etwas zu Matthias. Der zeigte auf seine Ohren und schüttelte den Kopf, die Frau verstand erst nicht, dann nickte sie mehrmals und sprach ganz langsam und überdeutlich, so daß Matthias ihre Lippen lesen konnte. Offenbar wollte sie ihm das Buch schenken, weil er in ihren Augen genauso aussah wie der Autor auf der Fotografie, die vorne auf dem Cover abgebildet war. Matthias wurde leicht rot, er selbst konnte keine so deutliche Ähnlichkeit zwischen ihm und dem Mann auf dem Foto ausmachen, doch die Frau lächelte ihn noch immer so offen an, daß auch er zu lächeln begann. Mit den Lippen formte er das Wort *Danke*, dann, als sein Blick nach links zu den ungeduldig wartenden anderen Kunden ging, stellte er hastig die restlichen Sachen vom Band in den Einkaufswagen der Frau und zeigte ihr den Betrag an der Kasse. Sie bezahlte, neigte noch einmal zum Abschied den Kopf und schob dann ihren Wagen davon. Matthias legte das Buch neben die Kasse und begann, den nächsten Kunden abzufertigen. Auf dem Heimweg in der Bahn holte er es aus seiner Tasche und schlug es mittendrin auf. Es war *Die Pest* von Camus, er hatte einmal etwas von Camus gelesen, was ihm damals nicht gefallen hatte, ihm fiel ein, sogar schon früher ein Foto von Camus gesehen zu haben, ohne daß dieses Foto ihn jedoch irgendwie an ihn selbst erinnert hätte. Er schlug das Buch wieder zu und fragte sich, wie oft ihn die Frau wohl im Supermarkt gesehen hatte, oder ob ihr diese angebliche Ähnlichkeit ganz spontan aufgefallen war und sie gerade eben zufällig das Buch dabeihatte. Aber das schien ihm zu unwahrscheinlich, eher hatte sie die Sache geplant und das Buch extra für ihn neu gekauft. Ob sie selber wohl Camus mochte? Er fühlte sich verpflichtet, das Buch nun auch zu lesen, doch befand er sich ja gerade mitten in seiner Proust-Lektüre, und das konnte noch etwas dauern. Vielleicht, dachte er, würde die Frau noch einmal wiederkommen, und er könnte sie bei dieser Gelegenheit fragen, wie sie selbst zu Camus stünde. Am Abend ging er mit einem Freund etwas trinken, der immer sehr amüsant war, auch wenn er, der aus Süddeutschland nach Berlin gezogen war, sich jedesmal darüber beschwerte, daß Matthias beim Gebärden so stark berlinerte, was inzwischen zu einem running gag der beiden geworden war. Matthias erzählte von seinem Erlebnis im Supermarkt, der andere meinte, das sei ein gutes Zeichen, sicher finde ihn die Frau ganz nett und wolle so Kontakt zu ihm aufnehmen. Die Frage war nur, wie sie auf Matthias' Gehörlosigkeit reagieren würde. Der Freund hatte da schon einige Enttäuschungen erlebt, doch betonte Matthias, daß sie seiner Meinung nach nicht so betroffen gewirkt habe, wie auch er es schon bei anderen erlebt habe. Zu Hause angekommen, fiel Matthias der Wecker wieder ein. Obwohl er schon ziemlich müde war nach dem langen Tag, holte er sein Werkzeug hervor und machte sich an dem Gerät zu schaffen. Nach einer Stunde hatte er das Problem, einen Wackelkontakt, gefunden und behoben. Am nächsten Morgen funktionierte der Wekker wie gewohnt. Matthias verbrachte einen ziemlich anstrengenden Tag im Supermarkt, die junge Frau erschien nicht. Diesen Abend blieb er zu Hause und schaffte fast hundert Seiten Proust. Am nächsten Vormittag, kurz vor seiner Pause, sah er, wie die Frau in den Markt kam. Er lächelte ihr über die Kasse hinweg zu, sie erwiderte seinen Gruß, dann verschwand sie hinter dem Brotregal. Als sie alle Einkäufe zusammenhatte, stellte sie sich an Matthias' Kasse an, obwohl die Schlange an der anderen Kasse deutlich kürzer war. Matthias, dem dies auffiel, wertete es als ein gutes Zeichen für sich und blickte mehrmals zu ihr herüber, während der Abstand zwischen ihnen immer kleiner wurde. Als sie dann an der Reihe war, sagte sie deutlich *Hallo* und guckte Matthias erwartungsfroh an. Beim Bezahlen reichte sie ihm mit dem Geld einen zusammengeknickten Zettel. Matthias schaute sie fragend an, sie sagte etwas, das wie *Bis bald* aussah, dann packte sie die restlichen Sachen in ihre Tasche und ging. Matthias hielt den Zettel in der Hand, zögerte einen Augenblick und gab dann einem Kunden, der sich gerade in seine Schlange einreihen wollte, zu verstehen, daß er gleich die Kasse schließen würde. Als er in der Pause hinten saß, holte er nach dem Essen den Zettel hervor und faltete ihn vorsichtig auf. In einer etwas unruhigen Handschrift stand dort: Hallo! Hat Dir das Buch gefallen? Ich komme heute um halb sieben noch einmal vorbei, vielleicht können wir noch zusammen was trinken gehen, wenn du Schluß hast? Würde mich freuen. P. S.: Ich heiße Wen-wan. Der Filialleiter kam herein, eilig knüllte Matthias den Zettel zusammen und ließ ihn in seiner Kitteltasche verschwinden. Der Filialleiter schaute sich kurz um, offenbar suchte er einen anderen Kollegen, dann ging er zurück in den Laden, beim Rausgehen machte er sich kurz mit dem Finger das linke Ohr sauber. Schon bedauerte Matthias, den Zettel zerknüllt zu haben. Er holte ihn wieder hervor und strich ihn glatt, so gut es ging. Der Nachmittag dauerte etwa doppelt so lange wie gewöhnlich, bis endlich Wen-wan draußen auf der Straße erschien. Sie gab ihm ein Zeichen, daß sie in dem Café gegenüber auf ihn warten würde. Um zehn vor sieben betrat Matthias das Café, sie saß direkt am Fenster an einem Zweiertisch. Er setzte sich zu ihr, beide lächelten sich an. Wen-wan holte etwas aus ihrer Handtasche und legte es vor ihm auf den Tisch. Es war eine Zaubertafel für Kinder, die man immer wieder neu beschreiben konnte. Matthias lachte und schrieb seinen Namen darauf. Wen-wan hielt ihm die Hand entgegen, er nahm sie, als seien sie sich gerade begegnet, freut mich, sagte Wen-wan, er konnte es deutlich von ihren Lippen ablesen. So hielten sie es auch im folgenden: Er schrieb auf die Tafel, sie bemühte sich, deutlich zu sprechen, und griff im Zweifelsfall ebenfalls auf die Tafel zurück. Es war dies eine merkwürdige Art der Unterhaltung; wir wissen nicht, wie die Begegnung verlaufen wäre, hätten sich beide über die Lautsprache verständigt. So aber kam es zu Verzögerungen und Pausen, wie sie die gesprochene Sprache nicht kennt, andererseits war das, was Matthias auf die Tafel schrieb, häufig aussagekräftiger als das, was ein Sprechender vielleicht gesagt hätte. Die Schrift, die normalerweise nicht in der direkten Alltagskommunikation verwendet wird, genau dort anstelle der gesprochenen Sprache einzusetzen, ist mehr als nur ein Medium gegen ein anderes einzutauschen. Denn was in einem normalen Gespräch als sagenswert erscheint, muß in einer solchen Unterhaltung nicht unbedingt als schreibenswert betrachtet werden, und umgekehrt. Auf jeden Fall verstanden sich die beiden sehr gut, fast zwei Stunden vergingen, bis Matthias auffiel, daß er noch gar nichts gegessen hatte. Er zeigte dem Kellner in der Speisekarte, welche Suppe er haben wollte, dann schrieb er wieder etwas für Wen-wan auf die Tafel. Am Ende gab er ihr seine Email-Adresse, auf diese Weise mußte sie nicht extra in den Supermarkt kommen, und auch er konnte sie nun jederzeit erreichen. Als sie sich verabschiedeten, sprach Wen-wan die Worte gar nicht mehr laut aus, sondern bewegte nur noch die Lippen, es kam ihr vor wie eine neue Geheimsprache. Auch als sie später die deutsche Gebärdensprache einigermaßen beherrschte, gab es immer wieder Momente, in denen sie ganz auf das Gebärden verzichtete und zu Matthias genauso sprach, wie sie es an diesem Abend zum ersten Mal getan hatte, völlig lautlos und alle Aufmerksamkeit den Bewegungen ihrer Zunge, ihres Kiefers und ihrer Lippen schenkend. Sie begann mit dem Gebärden etwa drei Wochen nach diesem Abend im Café, als den beiden langsam klar wurde, und sie sich auch darüber verständigten, daß es zwischen ihnen nicht bei einer kurzen Bekanntschaft bleiben würde. Bei ihrem nächsten Treffen überraschte sie ihn damit, daß sie bei seinem Anblick *ich freue mich* gebärdete, was auch ihn sich freuen ließ, und mehr als das. Dann kam der Tag, an dem sie ihn ihren Eltern und ihrer Schwester vorstellte, er selbst hatte keine Angehörigen mehr. Sie aßen bei ihr zu Hause, Wen-wan hatte ihrer Familie eingeschärft, nicht durcheinander und immer langsam und deutlich zu reden, doch machte der Akzent der Eltern selbst beim Lippenlesen das Verständnis manchmal schwierig, und so griffen auch sie hin und wieder auf die Tafel zurück, die Matthias inzwischen immer bei sich trug. Shuxia, Wen-wans *mei-mei*, verstand sich sehr gut mit dem neuen Freund ihrer älteren Schwester, mehrmals brach sie in Reaktion auf einen schriftlichen Scherz von Matthias in lautes Gelächter aus. Beim Essen verschüttete Matthias Sojasoße und verursachte einen großen Fleck auf der weißen Tischdecke, was damit endete, daß Wen-wans Mutter eine ganze Zitrone auf die Stelle auspreßte, da sie vor kurzem gelesen hatte, daß dies gut gegen Flecken sei. Tatsächlich aber mußte später das getrocknete Fruchtfleisch mit Gewalt von der Decke gekratzt werden, wobei diese an einer Stelle einriß und endlich doch ruiniert war. Wen-wan erklärte Matthias, daß ihre Mutter auch deshalb besonders an ihr gehangen habe, weil die Decke noch aus China stamme und ein Familienerbstück sei. Andererseits mußte sie zugeben, sie selber nie sehr gemocht zu haben. Nachdem die Decke nun einmal gerissen war, war sie aber noch nicht unbrauchbar geworden, denn immer, wenn Wen-wan von ihrer Mutter einen Kuchen für Matthias mitbekam, war dieser in der Decke verpackt, und zwar auf die chinesische Weise, bei der man mit einem Tuch die verschiedensten Sachen zu einem handlichen Bündel zusammenbindet, das sowohl gut zu tragen ist, als auch seinen

Inhalt sicher zusammenhält. Zunächst hatte Matthias noch die Sorge, daß sie ihn damit immer wieder an sein Mißgeschick erinnern wolle, doch eines Tages zeigte sie ihm dann, wie er selbst so ein Bündel knoten konnte. Er erwies sich, wie stets, als gewissenhafter Schüler.

1974

SADISTIC MIKA BAND Sumie No Kuni-e

Sie hatte lange nicht gewußt, welchen Beruf sie ergreifen sollte, bis dann ihre ältere Schwester geheiratet hatte und für Makiko eine Stelle als Verkäuferin im Textiliengeschäft ihres neuen Schwagers frei geworden war. Seitdem führte sie dort den meist wohlhabenden Kunden Stoffe vor, war für die Ordnung des Lagers verantwortlich und nahm auch hin und wieder selbst Maß. Ihr Schwager verhielt sich ihr gegenüber großzügig, wenn sie an manchen Tagen mit Kopfschmerzen aufwachte und ihn anrief, redete er ihr zu, nur ruhig den Tag zu Hause zu verbringen und sich erst richtig zu erholen, es sei heute ohnehin nicht viel Betrieb zu erwarten. Die meiste Zeit aber leistete Makiko ihre Arbeit in stiller Zuverlässigkeit. Schon im ersten Jahr ihrer Ehe gebar die ältere Schwester einen Sohn, und anläßlich dieser Gelegenheit kam es zum ersten Mal zu einem in den folgenden Jahren sich immer öfter wiederholenden Gespräch zwischen Makiko und ihrer Mutter, wann denn sie, Makiko, eigentlich zu heiraten beabsichtige, immerhin sei die ältere Schwester ja nun schon aus dem Haus, und ihrer eigenen Hochzeit stehe nichts mehr im Wege. Makiko schwieg, sie selbst hatte sich auch schon Gedanken darüber gemacht und befürchtet, die Familie käme auf die Idee, nötigenfalls Druck auszuüben und ein *o-miai* zu veranstalten, ihr einfach einen Ehemann zu vermitteln. Zwar erwähnte die Mutter diese Möglichkeit mit keinem Wort, doch war auch so klar, wie ernst es ihr war. In der Folgezeit lernte Makiko auch mehrere Male einen Mann kennen, der ihr ganz sympathisch erschien, aber nie kam es zu mehr als zu einer harmlosen Bekanntschaft. Langsam fragte sie sich schon, ob sie überhaupt heiraten *wollte*. Bisher nämlich war sie davon ausgegangen, daß sie auf jeden Fall eines Tages heiraten wolle, nur der Zeitpunkt müsse eben nicht den gängigen Konventionen folgen, sie könne sich ruhig etwas mehr Zeit lassen. Jetzt aber, und inzwischen lag die Hochzeit ihrer Schwester bereits sieben Jahre zurück, kamen ihr sogar Zweifel an der Ehe überhaupt. Um so schlimmer war es da, daß sie nun bald 25 werden würde, was der Tradition nach das entscheidende Jahr für eine Frau war: Wer bis dahin nicht geheiratet hatte, würde auch danach keinen Mann mehr finden. So erwähnte ihre Mutter nun in beinahe jedem Gespräch mit ihr einen aufstrebenden jungen Mann, von dem ihr eine Bekannte erzählt haben sollte, es waren aber ständig neue Namen, die die Mutter ins Feld führte, so daß Makiko schließlich den Verdacht bekam, die Mutter habe hinter ihrem Rücken einen professionellen Vermittler engagiert. Auch ihre Schwester, zu der sie ein gutes Verhältnis hatte, empfahl ihr immer öfter Freunde oder Bekannte ihres Mannes, aber Makiko lehnte jedes Mal höflich ab, wenn sie überhaupt heirate, dann nur einen Mann, den sie auch selber ausgesucht habe. Das konnte die Schwester zwar verstehen, dennoch fuhr sie mit ihren Empfehlungen fort, versuchte allerdings, sie etwas subtiler zu gestalten, indem sie etwa Makiko riet, ihr Konto bei einer bestimmten Bank zu führen, da sie hoffte, Makiko würde dort dem Bruder eines alten Schulfreundes begegnen, der seit kurzem bei der Bank angestellt war. Doch nichts hatte den gewünschten Erfolg, Makiko ging zwar gerne unter Leute, doch nie konnte sie einer der Männer, die sie kennenlernte, wirklich begeistern. Irgendwie, stellte sie eines Tages fast erschrocken fest, waren sie alle gleich. Der Geburtstag rückte indes immer näher, und bald war der einzige in ihrer Familie, mit dem sie noch reden konnte, ohne zu einer baldigen

Hochzeit gedrängt zu werden, ihr kleiner Neffe, Haruki, mit dem sie nicht nur deshalb immer lieber ihre Zeit verbrachte. Er war gerade sechs geworden, war jetzt in der ersten Klasse und machte, wie allgemein anerkannt wurde, einen sehr aufgeweckten Eindruck. Eher schweigsam, sprach er, wenn er doch einmal etwas sagte, eher wie ein Erwachsener, brachte oftmals eine bestimmte Situation mit einer kurzen Äußerung auf den Punkt und war in der Nachbarschaft bekannt dafür, ein bißchen sonderbar, aber sehr begabt zu sein. Wenn Makiko mit ihm zusammen war, sprachen sie entweder gar nicht oder ununterbrochen. An Tagen, an denen das Wetter schön war, holte sie ihn bei ihrer Schwester ab, gemeinsam fuhren sie ein Stück aus Tokyo heraus und gingen irgendwo spazieren. In der Bahn saßen sie schweigend nebeneinander, Haruki meist noch in seiner Schuluniform, sie in der typischen Verkäuferinnentracht. Manchmal setzten sie sich einfach auf eine Parkbank, er machte seine Hausaufgaben, nutzte die Tatsache nicht aus, daß sie ihm die Arbeit hätte abnehmen können, indem sie für ihn die Aufgaben löste, er fragte sie nicht einmal in schwierigen Fällen. Diese Ernsthaftigkeit imponierte ihr, nur manchmal, wenn sie merkte, daß er wirklich an einer Stelle nicht weiterkam, half sie ihm, er wirkte dann jedes Mal verstimmt, als habe sie gegen eine geheime Regel verstoßen, die nur er kannte. Oder aber er kam bei ihr zu Besuch, dann fragte er zu jedem Gegenstand in ihrem Zimmer, wie er in ihren Besitz gekommen sei, was er für eine Bedeutung habe, ob sie ihn möge. Sie schauten zusammen fern, er nannte ihr die Namen der Charaktere in den Serien, faßte zusammen, was bisher passiert war, und kommentierte den Lauf der Ereignisse. Sie stellte sich dann vor, wie er später als Chef einer Forschungseinrichtung den neugierigen, aber in der Sache nicht sehr kompetenten Reportern seine neuesten Entdeckungen erklären würde. Sie wußte nicht, warum, aber sie war sich sicher, daß er später einmal eine gewisse Berühmtheit erlangen würde. Je näher ihr Geburtstag kam, desto mehr Zeit verbrachte sie mit Haruki. In diesem Sommer verfolgte er mit besonderer Aufmerksamkeit die Fußballweltmeisterschaft. Makiko hatte sich nie besonders für Sport interessiert, erst recht nicht für Fußball, das in Japan kaum einer spielte, aber nach wenigen Spielen, die sie zusammen geschaut hatten, sprang Harukis Begeisterung auf sie über. Schon vor Beginn des Turniers hatte Haruki ihr erzählt, daß Deutschland sein Favorit sei, und nun, im Verlauf der Meisterschaft, schien er mit seiner Prognose recht zu behalten. Sie ließen kein Spiel der Deutschen aus, bald konnte auch Makiko einige der Spielernamen wie Hölzenbein, Grabowski oder Vogts, die mit ihren Umlauten und Konsonantenhäufungen so schwierig auszusprechen waren. Als dann die deutsche Mannschaft ins Endspiel kam, war sich auch Makiko sicher, daß sie gewinnen würde. Das Endspiel fand eine Woche vor ihrem 25. Geburtstag statt, der Druck der Verwandten hatte sich nun verwandelt; sie versuchten nicht länger, Makiko zu einer Hochzeit zu bewegen, sondern straften sie mit stiller Verachtung darüber, daß sie so völlig ohne Rücksicht der Familie eine große Schande zufügte. Tatsächlich hatten sie es geschafft, daß es Makiko inzwischen wirklich egal war, was die anderen sagten, an eine mögliche Hochzeit dachte sie nur noch selten. Einen Tag vor dem Endspiel rief Haruki bei Makiko an, er war aufgeregt wie nie, seine Stimme überschlug sich mehrmals, als er erzählte, er sei heute durch Zufall an einem Platz vorbeigekommen, auf dem einige Europäer Fußball spielten. Er habe eine Zeitlang schweigend zugeschaut, dann sei ihm plötzlich aufgefallen, daß die Sprache der Spieler ihn an ein Interview mit dem deutschen Trainer erinnerte, das er vor kurzem im Fernsehen gesehen hatte. Als dann das nächste Mal der Ball in seine Richtung geflogen kam, hob er ihn schnell auf und warf ihn den Deutschen zurück. Einer sprach ihn auf Japanisch an, sie unterhielten sich kurz, und natürlich erzählte Haruki sofort von seiner Begeisterung für die deutsche Mannschaft und zählte, sehr zur Erheiterung der Zuhörenden, die Namen der Spieler auf. Und am Ende luden sie ihn ein, mit ihnen zusammen am nächsten Tag das Endspiel zu gucken! Also sprach Makiko sofort mit ihrer Schwester und bat sie darum, Haruki mit ihr gehen zu lassen, auch wenn sie die Männer selbst gar nicht kannte. Es kam zu einem kurzen Disput, am Ende aber willigte Harukis Mutter ein. Das Spiel sollte um zehn Uhr abends beginnen; es war ausgemacht, daß einer der Deutschen Makiko und Haruki gegen acht Uhr an der U-Bahn-Station Shinjuku treffen würde, um von dort zu einer Wohnung in der Nähe zu gehen. Makiko hatte bisher noch sehr wenig Europäer gekannt, sie war gespannt, wie der Abend werden würde. Haruki, der gewöhnlich um acht ins Bett mußte, sollte am Nachmittag schon vorschlafen, aber er war viel zu aufgeregt, um länger als ein paar Minuten liegenzubleiben, so daß Makiko sich schon sorgte, er würde gar nicht bis zu dem Spiel durchhalten. Als sie zusammen in der Bahn saßen, fielen ihm zwischendurch die Augen zu, beim Aussteigen aber war er wieder hellwach. Sie gingen durch die Halle zum ausgemachten Treffpunkt. Makiko erkannte den Deutschen als erste. Er überragte die anderen Japaner um ein gutes Stück, auch seine blonden Haare stachen aus der Menge hervor. Obwohl er Haruki noch nicht sehen konnte, lächelte er ihr entgegen, als kennte er sie schon. Dann fiel sein Blick auf Haruki, sein Lächeln wurde breiter, auch Haruki freute sich, ihn zu sehen. Konbanwa, sagte der Deutsche und verneigte sich vor Makiko, beinahe im richtigen Winkel. Beide gingen sie die Höflichkeitsbezeugungen durch, die für eine solche erste Begegnung vorgesehen waren. Zum Glück war sein Name, Martin, für Makiko leicht auszusprechen, anders als die anderen deutschen Namen, die sie bisher gehört hatte. Er sprach ganz gut Japanisch, nur hin und wieder fehlte ihm eine Vokabel oder benutzte er eine falsche Form. Zu dritt verließen sie den Bahnhof und machten sich auf den Weg zu der Wohnung, die demjenigen der fußballspielenden Deutschen gehörte, der am längsten in Japan lebte, auch mit einer Japanerin verheiratet war. Makiko fragte Martin, ob er auch eine Frau habe. Martin verneinte, er warte noch auf die Richtige, man solle sich da lieber Zeit lassen. Makiko sagte, das sei auch ihre Meinung. Vor dem Gebäude trafen sie einen anderen Deutschen, der auch zum Fernsehgucken kam. Martin stellte alle vor, mit dem Aufzug fuhren sie nach oben. Eine Japanerin öffnete ihnen die Tür, Makiko schaute sie sich genau an, sie fragte sich, was wohl besonderes an ihr war, daß sie einen Ausländer geheiratet hatte. Vielleicht hatte kein japanischer Mann Gefallen an ihr gefunden? Jetzt war sie schon etwas älter, aber Makiko sah deutlich, daß sie als junge Frau sehr attraktiv gewesen sein mußte. Warum dann hatte sie hier in Japan niemand heiraten wollen? Im Wohnzimmer war eine kleine Gruppe von Männern und Frauen versammelt, der Fernseher lief, der Ton war abgestellt. Das Zimmer war groß, der Mann, den Martin Makiko jetzt als den Besitzer der Wohnung vorstellte, mußte eine führende Stellung in einem Unternehmen haben. Sie überreichte ihm ihr Gastgeschenk, eine hölzerne Kokeshi-Puppe in Form eines kleinen Jungen, und bedankte sich für die Einladung. Langsam fühlte sie sich ein bißchen unwohl. Haruki hatte einige der anderen Männer vom Sportplatz erkannt und unterhielt sich fröhlich mit ihnen. Seine Augen glänzten, mit

Gesten erklärte er, was seine Zuhörer nicht verstanden. Martin fragte Makiko, ob sie etwas zu trinken wolle. Sie dankte und bat um eine Coke. Martin brachte sie ihr und begann zu erzählen, weshalb und wie lange er jetzt in Japan sei. Nach und nach füllte sich das Zimmer mit Deutschen und einigen Japanern. Während des Gespräches mit Martin warf Makiko immer wieder einmal einen Blick auf Haruki, der aber ungebrochen guter Laune war, für ihn war der Abend wahrscheinlich wie ein Ausflug in eines der Märchen, die ihm seine Mutter beim Einschlafen vorgelesen hatte; er mußte sich vorkommen wie Urashima Tarô bei der Prinzessin im Schloß auf dem Meeresgrund. Auch ihre eigene Stimmung besserte sich wieder, mit Martin befand sie sich in sehr angenehmer Gesellschaft. Um Viertel vor zehn nahm alles vor dem Fernseher Platz, der Ton wurde laut gestellt. Vor dem eigentlichen Anpfiff gab es noch Berichte über den Weg der beiden Finalisten ins Endspiel, und die aktuellen Aufstellungen wurden gezeigt. Dann begann das Spiel. Makiko fragte Martin, ob er schon einmal in München gewesen sei, Martin verneinte. Als es sofort in der ersten Minute den Elfmeter für die Holländer gab, ging eine Woge der Entrüstung durch die Zuschauer. Haruki, der vorne vor dem Fernseher hockte, sprang auf, als Sepp Maier den Ball nicht halten konnte, und es plötzlich 1:0 für die Holländer hieß. Auch Martin fluchte, entschuldigte sich dann aber sofort dafür bei Makiko. Das Spiel ging weiter, wieder kam es zu einem Elfmeter, diesmal für Deutschland. Breitners Ausgleichstreffer wurde mit Jubel begrüßt, jetzt war alles wieder offen. Dann, in der letzten Minute vor der Pause, das 2:1 durch Müller, ein Tor, erklärte Martin Makiko, wie es auf der ganzen Welt nur Gerd Müller schießen könne. Haruki tobte durchs Zimmer, er war ganz außer sich vor Freude. In der Pause erzählte Makiko Martin von sich, von ihrer Arbeit, ihrer Schwester und deren Mann, ihrem Chef. Martin fragte, ob sie manchmal daran denke, lieber etwas anderes zu machen, was eine seltsame Frage war, denn warum sollte sie etwas anderes machen, wenn sie doch eine gute Arbeit hatte? Ob das denn die Arbeit sei, die sie immer habe machen wollen, formulierte Martin die Frage neu. Sie verstand nicht, worauf er hinauswollte. Die zweite Halbzeit begann. Die Holländer warfen jetzt alles nach vorne, es kam zum Spiel auf ein Tor. Doch fehlte ihnen am Ende, trotz einiger guter Chancen, das nötige Glück, es blieb bis zum Abpfiff beim 2:1, Deutschland war Weltmeister. Mit dem Pfiff löste sich die Spannung der Zuschauenden, ein erlösender Siegesschrei ging durch die Wohnung. Impulsiv riß Martin die Arme hoch und drehte sich zu Makiko. Beinahe hätte er sie umarmt, aber im letzten Moment erinnerte ihn etwas daran, daß sich in Japan noch nicht einmal enge Familienangehörige umarmten. Er zögerte, lächelte Makiko an und machte dann einen Schritt zurück. Sie verbeugte sich leicht und sagte ihm ihre Glückwünsche zum Sieg seines Landes, doch jetzt spielte sie die Förmlichkeit mehr, als daß sie wirklich in ihr aufging. Als sie den Kopf wieder hob, lag Ironie in ihrem Blick. Haruki kam angestürmt, er rief irgend etwas auf Deutsch, das Makiko nicht verstand. Der Gastgeber ging mit einem Tablett voller Sektgläser umher, alle zusammen stießen sie dann auf den Sieg an. Im Fernsehen wurde die Siegerehrung gezeigt, Beckenbauer nahm den Pokal entgegen und hielt ihn hoch über den Kopf. Martin sagte zu Makiko, sie müsse auch einmal nach Deutschland kommen, es werde ihr dort sicher gefallen. Sie versprach, darüber nachzudenken. Inzwischen war es weit nach Mitternacht, sie rief Haruki zu sich und erklärte ihm, daß sie nun gehen müßten. Haruki begann zu quengeln, jetzt müsse gefeiert werden, da könnten sie doch nicht einfach nach Hause gehen. Makiko blieb hart, sie hatte ihrer Schwester versprochen, gleich nach dem Spiel zurückzukommen. Martin bot an, sie zu fahren, so spät wolle er sie nicht alleine unterwegs wissen. Zunächst lehnte Makiko ab, doch Martin bestand darauf, und so verabschiedeten sie sich gemeinsam vom Gastgeber und dankten noch einmal für die Einladung. Haruki weigerte sich mitzukommen; als Martin ihn kurzerhand hochhob, fing er an zu schreien und zu weinen. Makiko erklärte Martin, daß er sonst eigentlich immer ganz brav sei, sie sei selbst überrascht von diesem Verhalten, vielleicht sei er auch einfach nur übermüdet. Im Aufzug beruhigte er sich wieder, aber noch während der ganzen Fahrt war vom Rücksitz her sein leises Schluchzen zu hören. Martin und Makiko schwiegen, nur an den Kreuzungen erklärte sie ihm, wie er fahren mußte. Sie hielten vor Makikos Haus, Martin stieg aus, ging um den Wagen herum und öffnete erst ihr und dann Haruki die Tür. Makiko bedankte sich für das Bringen und den schönen Abend, Martin sagte, es habe ihn gefreut, sie kennenzulernen. Wenn sie wolle, könne sie ja einmal mit Haruki zusammen kommen und ihnen beim Fußballspielen zusehen. Dann fiel Makiko etwas ein, und sie erzählte Martin, daß sie in einer Woche Geburtstag feiern und sich freuen würde, wenn er käme. Martin notierte es sich sofort in seinem Kalender, dann verabschiedeten sie sich endgültig voneinander und wünschten sich eine gute Nacht. Makiko nahm Haruki bei der Hand und ging zur Tür, Martin schaute ihnen noch nach, bis sie im Haus verschwunden waren. Dann stieg er ein, startete den Motor und fuhr los. Er hatte keine Ahnung, wo er war.

1990

AFTER DINNER The Variation Of »Would You Like Some Mushrooms?«

Nicht alles, was wir von der Welt wissen, wissen wir aus eigener Anschauung, und wenn Shu-xia sich auf eine ihrer Meinungen etwas einbildete, dann auf die, daß diese einfache Tatsache keine Schande darstelle. Sie selbst war das beste Beispiel: Obwohl sie noch nie in China oder Taiwan gewesen war, hatte sie doch bis zu ihrem zwanzigsten Geburtstag die taiwanesische Staatsbürgerschaft gehabt. Immer fragte man sie nach China und erwartete von ihr Informationen aus erster Hand, doch wußte sie auch nicht mehr als ein Sinologiestudent im zweiten Semester. Und im Gegensatz zu ihrem Vater sah sie darin auch keinen Mangel, ihre Interessen lagen nun einmal woanders. Zum Beispiel mochte sie Bäume. Leider gab es in Berlin nicht so viele davon, wie sie gerne gehabt hätte, aber sobald sie genügend freie Zeit zur Verfügung hatte, fuhr sie oft heraus zum Wannsee oder in den Grunewald. Dort konnte sie stundenlang spazierengehen, und dort, im Grunewald, lernte sie auch eines Tages Andrea kennen. Es war früh am Sonntag morgen, die Luft war diesig und kühl. Wie schon manches Mal vorher hielt es Shu-xia auch heute nicht auf den vorgeschriebenen Wegen, sie schlug sich auf eigene Faust durch den Wald und atmete den Duft der Bäume. Als sie auf dem Boden hinter einem Busch zwei Frauenbeine hervorragen sah, nur knapp zwei Meter vor ihr, überkam sie das Gefühl, sie stünde auf einem schwankenden Schiff und müßte sich an dem Baum neben ihr festhalten. Mehrere Minuten stand sie so, dann hatte sich ihr Atem wieder beruhigt, und sie bewegte sich langsam auf die reglose Gestalt am Boden zu, die sie nun ganz erkennen konnte. Es handelte sich um eine Frau Mitte Zwanzig, gut angezogen, in der linken Hand hielt sie eine geöffnete Packung Tabletten. Shu-xia machte noch einen Schritt auf sie zu, und jetzt sah sie, daß die Lippen der Frau zitterten. Schnell kniete sie neben ihr nieder, hob ihren Oberkörper an und begann auf sie einzusprechen, alles sei in Ordnung, sie werde Hilfe holen, sie wisse, was zu tun sei. Tatsächlich hatte sie nur eine grobe Ahnung von dem, was zu tun sei, aber in diesen Ausbruch von Aktivität hinein kam ihr die Idee, die Frau zum Übergeben zu bringen. Shu-xia drehte die Frau auf die Seite, damit sie das Erbrochene leicht ausspucken konnte, und steckte ihr mit einem Seufzer der Überwindung die Hand in den Mund. Dieses Verfahren war nicht sehr subtil, aber wirkungsvoll. Anschließend zog Shu-xia die Frau, die jetzt leise zu wimmern begann, von der stinkenden Pfütze ihres Mageninhaltes weg und lehnte sie aufrecht sitzend an einen Baum, nicht ohne ihr vorher ihren eigenen Mantel umgelegt zu haben. Ich komme sofort zurück, versprach sie beim Gehen, ich hole Hilfe. Zum Glück kannte sie sich durch ihre zahlreichen Spaziergänge im Grunewald sehr gut aus, und so kannte sie auch die stärker frequentierten Wege, auf denen sie vielleicht jemanden mit einem Funktelefon treffen würde. Sie war etwa fünfzehn Minuten gelaufen, als ihr ein Jogger entgegenkam. Sie erklärte ihm kurz die Lage, dann holte er tatsächlich ein Handy hervor und rief einen Notarztwagen. Zusammen liefen sie zurück zu der Frau, die inzwischen wieder das Bewußtsein verloren hatte und vornüber zusammengesackt war. Gemeinsam hoben sie sie hoch und stützten sie zu beiden Seiten unter den Armen, dann gingen sie langsam zurück an die Stelle des Weges, die sie am Telefon beschrieben hatten. Die ganze Zeit über redete Shu-xia leise auf die junge Frau ein, die zwischendurch immer wieder kurz zu Bewußtsein kam und dann ein oder zwei unverständliche Worte stammelte. Endlich kam der Notarztwagen. Als einer der Ärzte Shu-xia anbot, mitzufahren, lehnte sie ab, erkundigte sich aber nach dem Krankenhaus, zu dem sie die Frau bringen würden. Kann ich Sie irgendwo hinbringen? fragte der Jogger, nachdem der Notarztwagen abgefahren war, mein Wagen steht ganz in der Nähe. Auch dieses Angebot schlug Shu-xia aus. Allein ging sie weiter auf ihrem Weg durch den herbstlichen Grunewald. Als sie an diesem Nachmittag nach Hause kam, zeigte ihr Anrufbeantworter zwei Anrufe an; beide Male hatte der Anrufer aber zu früh wieder aufgelegt, so daß auf dem Band nur das Besetztzeichen zu hören war. Shu-xia duschte, machte sich etwas zu essen und las ein wenig in einem Buch, das ihr ein Bekannter zu ihrem letztem Geburtstag geschenkt hatte. Dann schlug sie im Stadtatlas das Krankenhaus nach, das ihr der Notarzt genannt hatte. Sie suchte die günstigste Verbindung heraus und merkte sich die Bahnlinie und den Bus, mit dem sie fahren mußte. Abends hörte sie Musik. In dem Krankenhaus sagte man ihr, daß am Vortag gleich zwei Frauen nach Selbstmordversuchen eingeliefert worden waren, und zuerst versuchte sie es bei der Falschen, einer weißhaarigen alten Dame, die ihr sofort anbot, Platz zu nehmen. Also zog sich Shu-xia einen Stuhl heran und redete eine Viertelstunde mit der Frau. Als sie sich schließlich wieder verabschiedete, hatte keine von beiden auch nur mit einem Wort darauf Bezug genommen, daß sie sich noch nie zuvor gesehen hatten. In dem richtigen Zimmer fand Shu-xia Andrea, deren Namen sie nun kannte, schlafend vor. Sie zögerte und wußte nicht recht, ob sie warten oder wieder gehen solle, doch da schlug Andrea die Augen auf und blickte sie fragend an. Wie geht's? sagte Shu-xia, und Andrea nickte. In diesem Zimmer gab es keinen Stuhl, und so trat Shu-xia zum Reden einfach näher an das Bett heran. Als Andrea zwischendurch einmal zu weinen anfing, sagte Shu-xia nur *Schsch* und machte dabei eine wedelnde Bewegung mit der Hand; gleichzeitig setzte sie eine Miene auf, die sie sich selbst als *streng* vorstellte. Andrea lachte schluchzend und weinte weiter. Irgendwann hörte sie wieder auf, und als Shu-xia sich nach einer Stunde verabschiedete, nahm sie ihr das Versprechen ab, am nächsten Tag wiederzukommen. Shu-xia befand sich zu jener Zeit gerade in der Anfangsphase ihrer Magisterarbeit, und so war sie niemandem Rechenschaft darüber schuldig, wie sie ihre Tage verbrachte. Sie besuchte Andrea täglich, und schon bald war ihr klar, daß Andrea außer ihr keinen anderen Besuch bekam. Doch redeten sie kaum darüber. Nach einer Woche konnte Andrea entlassen werden, bekam aber zur Auflage, sich regelmäßig bei einem Psychotherapeuten zu melden. Ich kenne einen Therapeuten, sagte Shu-xia, er ist ein Freund meiner Schwester, wenn du magst, kann ich sie bitten, ihn dir vorzustellen. Vielleicht, fügte sie hinzu, ist es dir aber auch nicht recht, wenn es jemand ist, mit dem wir auch privat zu tun haben. Nein, sagte Andrea, das macht mir gar nichts, im Gegenteil. Außerdem, fiel Shu-xia ein, lernst du dann auch meine Schwester kennen. Zu viert gingen sie an einem der nächsten Abende essen, und tatsächlich beschloß Andrea, sich von diesem Freund behandeln zu lassen. Mit der Zeit wurden die Abstände zwischen den einzelnen Therapiegesprächen immer größer, so daß sich schließlich der Therapeut bei Shu-xias Schwester erkundigen mußte, wie es Andrea ging. Insgeheim freute er sich darüber, auch wenn er Andrea gerne noch einmal wiedergesehen hätte. Währenddessen trafen sich Shu-xia und Andrea immer häufiger. Als dann der Abgabetermin für Shu-xias Magisterarbeit näher rückte, konnten sie sich einige Wochen nicht mehr so oft sehen, dafür telefonierten sie fast täglich miteinander. An dem Tag, an dem Shu-xia ihre Arbeit schließlich abgegeben hatte, gingen sie zusammen essen. Ich habe eine Überraschung für dich, sagte Andrea und reichte Shu-xia einen bunten Umschlag über den Tisch. Es war ein Gutschein für eine Reise nach Paris, Andrea würde sie begleiten. Und wann sollen wir fahren? fragte Shu-xia. Wann du willst. Es regnete, als sie an der Gare du Nord aus dem Zug stiegen. Beide waren sie das erste Mal in Paris, und so dauerte es fast den ganzen Tag, bis sie eine einigermaßen komfortable, nicht zu teure Unterkunft gefunden hatten. Da sie so spontan aufgebrochen waren, hatten sie sich auch kein bestimmtes Programm überlegt, und so fuhren sie auch am zweiten Tag noch relativ ziellos durch die Stadt: Auf dem Weg zum Eiffelturm kamen sie am Louvre vorbei und beschlossen, diesen vorzuziehen. Als sie aber nur noch einen Raum vor der Mona Lisa waren, hatten sie für diesen Tag schon genug Kunst gesehen und wollten lieber etwas zum Anziehen kaufen, weshalb sie den Louvre wieder verließen und zu den Galeries Lafayette fuhren. Dort angekommen, fiel ihnen der Eiffelturm wieder ein, der ihnen doch wichtiger erschien als die Einkäufe. Als sie dann endlich unter dem Eiffelturm standen, war dieser bereits geschlossen. Weil sie sich im Laufe des Tages aber beide in gleichem Maße als entschlußschwach und wankelmütig erwiesen hatten, gab es keinen Grund, einander Vorwürfe zu machen, und sie verbrachten einen angenehmen Abend in einem chinesischen Restaurant in der Nähe ihres Hotels. Am Morgen des dritten Tages sagte Shu-xia beim Frühstück: Heute ist das Wetter gut, heute fahren wir in den Bois de Boulogne. Tatsächlich handelte es sich um einen der ersten Frühlingstage in diesem Jahr, auf den Straßen sah man die ersten Röcke. Im Bois jedoch waren nicht sehr viele Menschen unterwegs, es war ein Wochentag. Sie waren etwa eine Stunde gegangen, als Shu-xia vorschlug, den Weg zu verlassen und auf eigene Faust eine schöne Stelle für eine kleine Pause zu suchen. Sie hatten sich Brote mitgenommen, und inzwischen waren sie schon recht hungrig. Hier und da blieb Shu-xia stehen und machte Andrea auf einen besonders schönen Baum aufmerksam, den sie dann eine Zeitlang schweigend anschauten. Sie kamen auf eine Lichtung, an deren Rand ein umgestürzter Baum eine Sitzgelegenheit bot. Sie ließen sich darauf nieder und packten ihre Brote aus. Nachdem sie gegessen hatten, holte Andrea ein kleines Fläschen hervor, in dem zahllose bunte Pillen waren. Sie reichte es Shu-xia. Die habe ich gesammelt, sagte sie. Das sind ja alles verschiedene, bemerkte Shu-xia, hast du von all denen welche nehmen müssen? Mit der Zeit kommt da ganz schön was zusammen, erklärte Andrea. Dann stand sie auf und legte sich auf den Boden, mit dem Gesicht nach oben. Shu-xia legte sich neben sie. Sie blickten in den Himmel, der am oberen Rand von den Kronen der Bäume begrenzt wurde. Der Boden war noch ein wenig feucht, und nach und nach stieg die Kälte in ihre Körper. Ein einzelner Vogel flog weit über ihnen vorüber. Das sind die Geier, sagte Andrea. Ja, bestätigte Shu-xia, das glaube ich auch. Sie schwiegen erneut. Es fällt den meisten Menschen schwer sich vorzustellen, was geschehen wäre, wenn man sich zu einem bestimmten Zeitpunkt im Leben für etwas anderes entschieden hätte. Die Einzigartigkeit eines jeden Augenblickes ist so sehr in jedermanns Bewußtsein verankert, daß man oft davon ausgeht, jede neue Entscheidung verursache eine unwiederbringliche Wendung im Leben, so daß man, wenn man im nachhinein auf eine einzelne dieser Entscheidungen zurückblickt, nicht glauben kann, heute am selben Ort sein zu können, wenn man sich damals nicht genauso entschieden hätte. Aber ist das Schicksal, das man mit seinen Entscheidungen zu beeinflussen sucht, wirklich so machtlos? Zwei Stunden lagen die beiden Frauen auf dem kalten Boden des Bois de Boulogne, und während dieser Zeit versuchte auch Shu-xia, die noch nie in ihrem Leben daran gedacht hatte, Selbstmord zu begehen, sich vorzustellen, wie ihr Leben verlaufen wäre, wenn sie Andreas Entscheidung, nicht mehr leben zu wollen, respektiert und sie an jenem Tag im Grunewald einfach liegengelassen hätte. Sie war sehr gewissenhaft in ihrem Versuch, sich einen alternativen Verlauf der letzten Monate zu überlegen, doch so sehr sie auch die unwahrscheinlichsten Möglichkeiten mit in Betracht zog, der Gedanke, Andrea habe vielleicht sowieso zuwenig Tabletten genommen, sie habe gar nicht sterben können und sei ihr am nächsten Tag im Supermarkt begegnet, sie seien einfach so gute Freunde geworden und seien auch als solche jetzt in Paris, und Andrea habe ihr gerade zum ersten Mal von ihrem Selbstmordversuch erzählt, und um es ihr nachfühlen zu können, habe sie, Shu-xia, sich hier neben sie auf den kühlen Waldboden gelegt, der Gedanke kam ihr nicht. Tatsächlich hätte sie ihn vielleicht auch nicht ertragen können. Ein Niesen riß sie schließlich aus ihren Überlegungen. Mir wird's zu kalt, sagte Andrea und stand auf. Auch Shu-xia erhob sich, beide Frauen klopften sich die Kleidung ab und rieben sich Arme und Beine warm. Andrea steckte die Pillen wieder ein, dann machten sie sich auf den Rückweg. Kennst du das Gefühl, fragte Shu-xia in der Bahn, wenn du einen Gedanken ganz klar vor Augen hast und denkst, jetzt hast du ihn gleich wirklich ganz und gar erfaßt und zu Ende gedacht, und dann ist er auf einmal weg, von einem Moment auf den anderen? Nein, sagte Andrea, aber ich weiß, was du meinst. Nachdem sie nun auch an diesem Tag den Eiffelturm nicht bestiegen hatten, schlug Andrea vor, es einfach ganz sein zu lassen. Statt dessen wollten sie sich lieber vornehmen, später noch ein zweites Mal nach Paris zu fahren, um es dann nachzuholen. Sie schworen einen Schulmädchenschwur und bemühten sich, ernste Gesichter dabei zu machen. Wie schwört man in China? fragte Andrea. Der Kellner erklärte es ihnen.

2/1

1997

SPIRITUAL VIBES Image

Es hatte eine Zeit gegeben, als sie beim Anblick eines anderen Pärchens sich nicht hatte vorstellen können, daß diese zwei genauso glücklich sein sollten wie sie und ihr Mann, doch ging es Anja nun schon seit längerem so, daß sie beim Anblick eines anderen Pärchens eher daran dachte, daß diese zwei sicher glücklicher waren als sie und Thomas. Dabei konnte sie selbst nicht einmal sagen, worin dafür der Grund liegen mochte. Und das machte die Sache nicht gerade einfacher. Es war nicht so, daß Thomas sie schlecht behandelte, daß seine Aufmerksamkeit ihr gegenüber nachgelassen hätte; nur hatte sie seit einiger Zeit das Gefühl, etwas Bestimmtes fehle in ihrer Ehe, etwas, das früher einmal dagewesen war. Oder aber ein Bedürfnis war neu in ihr entstanden, für das es bislang noch keine Lösung gab. Sie überlegte, ob sie Thomas davon erzählen sollte, und vor allem: wie? Wie sollte sie ihm erklären, wofür sie selbst noch keine Worte hatte? Ausgerechnet Thomas selbst sprach sie dann eines Tages darauf an. Sie hatten zusammen Prinzessin Dianas Begräbnis geschaut, Anja hatte nicht viel davon gehalten, daß Diana in dem berühmten Fernsehinterview sich vor Millionen Zuschauern so offen über ihre Ehe mit Charles geäußert hatte, ihr plötzlicher Tod aber hatte sie sehr getroffen, und auch während der Übertragung des Gottesdienstes waren ihr wieder die Tränen gekommen. Als dann der Wagen mit dem Sarg London in nördlicher Richtung verließ, drehte Thomas den Ton leiser und holte sich aus der Küche etwas zu trinken. Er stellte sein Glas auf den Wohnzimmertisch und schaute Anja nachdenklich an. Was ist los mit uns? fragte er plötzlich, und sein Gesicht nahm einen unsicheren Ausdruck an. Bitte? fragte Anja, die überhaupt nicht verstand, wie er jetzt auf diese Frage kam. Irgend etwas stimmt nicht, sagte er, ich weiß selber nicht was, aber in der letzten Zeit ist unsere Beziehung irgendwie verändert. Ist es dir nicht aufgefallen? Anja schaute kurz zum Fenster, dann wieder zu ihm. Doch, sagte sie, und ich weiß auch nicht, was es ist. Er nahm einen Schluck aus dem Glas und lehnte sich zurück in den Sessel. Im Fernsehen begann die Werbung, Anja nahm die Fernbedienung und schaltete den Apparat ganz aus. Was sollen wir jetzt tun? fragte Thomas. Seit wann ist es dir aufgefallen? fragte Anja zurück. Ich weiß nicht genau, vielleicht seit zwei Monaten. Und dir? Auch ungefähr. Zuerst, sagte Thomas, habe ich geglaubt, ich bilde mir das nur ein, es liege an mir, aber dann kamen immer öfter Augenblicke, in denen ich dachte, daß dieselben Situationen früher viel schöner gewesen sind, dabei konnte ich nicht genau sagen, was so anders war. Mir ging es genauso, bestätigte Anja. Das ist doch verrückt: da fällt uns beiden auf, daß plötzlich etwas mit unserer Beziehung nicht mehr stimmt, und wir wissen beide nicht, wer oder was sich eigentlich verändert hat. Anja lachte kurz auf. Vielleicht lieben wir uns einfach nicht mehr. Quatsch, widersprach Thomas, natürlich liebe ich dich noch. Nebenan begann ihr Nachbar mit seiner Klavierstunde. Am Abend waren sie zu einer Geburtstagsfeier eingeladen, ein Freund von Thomas wurde dreißig. Er stammte aus einer traditionsreichen Hamburger Familie, und so handelte es sich um ein Fest im großen Stil; Anja hatte sich extra ein neues Kleid gekauft, Thomas seinen besten Anzug in die Reinigung gegeben. Es waren etwa hundert Gäste geladen. Als Anja und Thomas ankamen, waren die meisten schon dort und verteilten sich im Garten. Hier und da grüßten die beiden ein bekanntes Gesicht, doch verkehrten sie sonst nicht in solchen Kreisen, so daß ihnen die meisten Gäste unbekannt waren. Erst nach zwanzig Minuten hatten sie den Gastgeber gefunden, ihm gratuliert und ihr Geschenk überreicht. Dann war er ihnen auch schon wieder von einer älteren Dame *entführt* worden, die beiden standen wieder alleine inmitten der fröhlich schwatzenden Partygäste. Sie hatten sich schon im vorhinein darüber verständigt, nicht sehr lange zu bleiben, jetzt unterhielten sie sich leise darüber, ob sie nicht vielleicht einfach sofort wieder gehen sollten. Ein junger Mann mit einem Sektkübel voller Lose kam vorbei und lud sie ein, an der Tombola teilzunehmen, deren Erlös für einen guten Zweck bestimmt war. Was gibt es denn zu gewinnen? fragte Anja. Lauter Superpreise, sagte der Mann und hielt ihr den Kübel entgegen, nun greifen Sie schon zu! Thomas drückte dem Mann zehn Mark in die Hand, dann zogen er und Anja je ein Los. Danke, sagte der Mann, die Preisverleihung ist in einer Stunde. Viel Glück! Na toll, sagte Thomas, jetzt müssen wir noch eine Stunde hierbleiben! Wieso denn, widersprach Anja, wir verwahren die Lose auf, und dann rufen wir morgen an, ob wir was gewonnen haben oder nicht. Thomas war nicht sehr angetan von diesem Vorschlag, da dann jeder mitkriegte, daß sie schon so früh gegangen wären. Jetzt müssen wir eben bleiben, so oder so. Das ist doch Unsinn, fuhr Anja auf, wahrscheinlich haben wir sowieso nichts gewonnen, und keinem Schwein fällt auf, daß wir weg sind. Ja, sagte Thomas, aber wenn wir doch was gewinnen, und keiner holt den Gewinn ab, und die Leute fangen an sich zu fragen, wer schon weg ist? Also gut, dann kannst du ja bleiben. Thomas überlegte einen Moment, dann sagte er: Gut, wenn dir das lieber ist. Er beugte sich ihr entgegen und küßte sie. Dann bis später, drück mir dir Daumen! Anja schüttelte ungläubig den Kopf, dann mußte sie lächeln und verabschiedete sich von Thomas. Auf dem Hinweg war sie gefahren, die Schlüssel waren in ihrer Handtasche, hoffentlich hatte Thomas genug Geld dabei für ein Taxi. Sie zögerte einen Moment, ob sie ihn fragen sollte, aber wenn er schon unbedingt seinen Willen durchsetzen mußte, dann sollte er auch die Verantwortung dafür tragen. Trotzig ging sie weiter zum Wagen und machte sich auf den Heimweg. Das Haus das Freundes lag etwas außerhalb, ein Teil der Strecke führte über Landstraße. Anja begegnete kein anderer Wagen, bis sie schließlich schon von weitem einen Unfall erkannte. Eine Frau stand gestikulierend auf der Straße, Anja hielt an und stieg aus. Die Frau kam auf sie zugerannt, offenbar unter Schock stehend, und redete auf polnisch oder russisch auf sie ein, Anja verstand kein Wort. Der Unfallwagen war frontal gegen einen Baum gefahren, der Fahrer lag blutüberströmt zwei Meter entfernt. Anja lief zu ihm hinüber, er atmete, war aber ohne Bewußtsein. Sie winkte die Frau zu sich und zeigte ihr, wie sie zu zweit den Verletzten zu ihrem Auto tragen konnten. Sie legten ihn vorsichtig auf die Rückbank, dann stiegen sie beide ein und fuhren los. Anja war sich nicht sicher, wo das nächste Krankenhaus lag, also fuhr sie zu einem, das sie kannte, auch wenn es vielleicht der weitere Weg war. Während der Fahrt gingen ihr die verschiedensten Versionen des Unfalls durch den Kopf. Einmal war der Wagen einem Reh ausgewichen und von der Fahrbahn abgekommen, dann wieder hatte sich das Paar gestritten, die Frau hatte ins Lenkrad gegriffen und so den Unfall ausgelöst, schließlich hatte der Mann den Wagen mit klarer Absicht gegen den Baum gefahren. Die Frau neben ihr war verstummt, nur hin und wieder schluchzte sie kurz auf und hielt sich die Hände vors Gesicht. Anja versuchte, sie zu beruhigen, und auch wenn die Frau wahrscheinlich nicht verstand, was Anja sagte, so bewirkte schon der

Klang der anderen Stimme, daß ihr Atem langsam gleichmäßiger wurde. Sie erreichten das Krankenhaus, Anja fuhr bei der Notaufnahme vor, sofort kamen Pfleger und Ärzte mit einer Trage angelaufen und holten den Verletzten vorsichtig aus dem Wagen heraus. Niemand beachtete Anja in der Aufregung, erst als der Patient mitsamt der Frau auf einem der Flure verschwunden war, kam eine Krankenschwester auf Anja zu und fragte, was passiert sei. Anja erzählte alles, die Krankenschwester bat sie zu bleiben, bis die Polizei einträfe. Zwanzig Minuten später nahmen zwei junge Polizisten ihre Zeugenaussage auf und notierten auch ihre Personalien, dann war sie bis auf weiteres entlassen. Einer der Polizisten dankte ihr zum Abschied noch einmal für ihre Hilfe, das sei heute nicht mehr selbstverständlich. Anja nickte nur stumm und ging zurück zum Wagen. Überall auf der Rückbank und dem Fußboden waren Blutflecken, es sah aus, als hätten sie unterwegs ein Tier geschlachtet. Anja spürte, wie erst jetzt Ekel und Übelkeit in ihr hochstiegen, sie lief zurück ins Krankenhaus und auf die Toilette. Als sie wieder aus der Toilette kam, wußte sie, daß sic auf keinen Fall wieder in den Wagen einsteigen konnte. Sie bat einen Pfleger, den Wagen für sie aus der Auffahrt raus auf den Besucherparkplatz zu fahren, dann fragte sie ihn nach dem nächsten Taxistand. Der Weg zu Fuß dorthin tat ihrem Kreislauf gut, langsam wich die Übelkeit von ihr. Als das Taxi vor ihrem Haus anhielt, stieg direkt vor ihnen gerade Thomas aus einem anderen Taxi. Anja rief seinen Namen, er drehte sich überrascht um und kam dann auf seine Frau zugestürzt, als er ihr im Schein der Straßenlaterne noch blasser wirkendes Gesicht sah. Was ist passiert? fragte er besorgt, während er sie an den Armen faßte. Sie gab ihm einen kurzen Bericht, er zog die Stirn in Falten und legte den Arm um sie. In der Wohnung ließ sie sich aufs Sofa fallen,

Thomas holte ihr aus der Küche ein Glas Wasser, dann setzte er sich zu ihr und stellte ihr verschiedene Fragen zu dem, was geschehen war. Im Prinzip fand er es richtig, daß sie so ohne Zögern geholfen hatte, aber trotzdem, sagte er, ich hätte mir bestimmt Sorgen um das Auto gemacht, oder daß es vielleicht eine Falle ist. Eine Falle? Ja, du weißt doch, die täuschen einen Unfall vor, und wenn man dann anhält, kriegt man plötzlich einen vor den Kopf, und die klauen einem den Wagen. Anja sagte, da habe sie keine Sekunde dran gedacht. Sie sei eben arglos, meinte Thomas, das sei ja auch nicht das schlechteste. Dann erzählte er von der Party und dem Preis, der auf ihr Los gefallen war: eine einwöchige Reise nach Prag für zwei Personen, alles inklusive. Sie freuten sich darüber, wenn auch verhalten, nach der Geschichte mit dem Unfall war ihnen nicht nach ausgelassener Freude zumute. Am nächsten Morgen rief Thomas im Büro an und nahm sich den Vormittag frei, dann holte er am Krankenhaus den Wagen ab und fuhr damit erst zu seiner Versicherung, die über die Verschmutzungen ein genaues Protokoll anfertigte, und von dort zu einer Werkstatt, die sich auf Innenreinigungen spezialisiert hatte. Gegen ein Uhr traf er Anja in dem Café, in dem sie gewöhnlich ihre Mittagspause verbrachte. Er erzählte ihr, was die Versicherung gesagt hatte, dann sprachen sie über einen Termin für die Pragreise. Thomas hatte den Preis nämlich in Form eines Gutscheins eines Hamburger Reiseveranstalters erhalten, der innerhalb eines halben Jahres eingelöst werden mußte. Da sie beide arbeiteten, war es nicht einfach, einen Termin zu finden; in drei Jahren Ehe waren sie deshalb auch nach ihrer Hochzeitsreise nicht wieder gemeinsam in Urlaub gewesen. Auch jetzt lief es wieder darauf hinaus, daß einer von ihnen einen schon abgemachten Urlaubstausch mit einem Kollegen wieder rückgängig würde machen müssen, um innerhalb der gegebenen Frist den Gutschein einlösen zu können. Aber wer sollte das sein? Es war ja klar, daß man sich damit bei den Kollegen unbeliebt machte. Thomas schlug vor, sich die Reise vielleicht auszahlen zu lassen, aber ein kurzer Anruf bei dem Veranstalter zeigte, daß dies nicht möglich war. Vielleicht den Gutschein einem anderen Paar verkaufen? Sie überlegten hin und her, bis schließlich Anja zurück zur Arbeit mußte, auch für Thomas wurde es Zeit. Als sie abends zusammen aßen, nahm Anja das Thema wieder auf. Sie habe den ganzen Nachmittag darüber nachgedacht, erzählte sie, und sei zu dem Schluß gekommen, daß sie beide überhaupt nicht zusammen verreisen *wollten*. Wie meinst du das? fragte Thomas. Eigentlich, sagte Anja, haben wir Angst davor, eine Woche ununterbrochen dem anderen ausgesetzt zu sein. Solange wir uns kennen, haben wir beide unsere Arbeit, also sehen wir uns tagsüber nur an den Wochenenden. Wer weiß, vielleicht gehen wir uns im Urlaub ganz schnell gegenseitig auf die Nerven? Ich weiß nicht, sagte Thomas. Doch, sagte Anja, ich finde deshalb, wir sollten auf jeden Fall fahren, einfach um zu schauen, ob wir es wirklich eine Woche ohne Unterbrechung miteinander aushalten. Von mir aus, fügte sie hinzu, kann ich auch den Urlaub tauschen. Laß uns noch eine Nacht drüber schlafen, schlug Thomas vor, und Anja willigte ein. Am nächsten Morgen klingelte früh das Telefon, es war eine Bekannte der Frau mit dem Unfall, die fragte, ob Anja abends zu Hause sei, sie wollten sich noch einmal bedanken und ein kleines Geschenk vorbeibringen. Leider konnte die Frau selbst nur Russisch, aber ihre Bekannte würde mitkommen und übersetzen. Das ist lieb, sagte Anja, ja, wir sind heute abend zu Hause. Schön, sagte die Frau am Telefon, dann so gegen sieben? Während der Arbeit dachte Anja immer wieder über ihre Theorie bezüglich der Pragreise nach, und langsam wurde sie immer überzeugter davon, daß von dieser Reise vielleicht der gesamte weitere Verlauf ihrer Ehe abhinge. Dies machte ihr gleichzeitig Angst und beruhigte sie auch. Dann kam der Abend, Thomas hatte eine Nachricht auf dem Anrufbeantworter hinterlassen, daß er wegen einer Besprechung länger im Büro bliebe, Anja solle ruhig schon einmal essen. Sie hatte gerade eine Quiche in den Ofen geschoben, als es an der Türe klingelte. Es war die Frau mit ihrer Bekannten, die beiden standen schüchtern vor der Tür, die Russin mit einem Strauß Blumen in der Hand. Anja bat sie herein, zu dritt gingen sie ins Wohnzimmer. Nachdem Anja die Blumen versorgt und sich bedankt hatte, unterhielten sie sich darüber, wie es dem Mann jetzt ging und was eigentlich der Grund für den Unfall gewesen war. Es war nämlich alles noch anders gewesen, als Anja es sich vorgestellt hatte. Die Frau war mit ihrem Freund unterwegs gewesen, die beiden hatten sich gestritten, schließlich war die Frau ausgestiegen und zu Fuß auf der Landstraße weitergegangen. Dann erst war der Unfallwagen gekommen, dessen Fahrer die Fußgängerin zu spät erkannt hatte und beim Versuch, ihr auszuweichen, die Kontrolle über das Fahrzeug verloren hatte. Also kannten Sie den Verletzten gar nicht? fragte Anja noch einmal nach, und die Bekannte übersetzte erst die Frage und anschließend die Antwort. Anja hätte auch gerne gewußt, ob sie sich mit ihrem Freund inzwischen wieder vertragen habe, aber irgendwie erschien ihr diese Frage zu indiskret, um sie wirklich auszusprechen. Vielleicht aber, und der Gedanke kam ihr selbst kurze Zeit später, fürchtete sie auch, daß die Antwort auf diese Frage ihr am Ende wie ein Omen für ihre eigene Beziehung zu Thomas vorgekommen wäre. Als Thomas dann kam, waren die beiden Besucherinnen gerade wieder fort; im Treppenhaus mußten sie aneinander vorbeigegangen sein, hatten sich aber nicht erkannt.

1995

ANGEL'IN HEAVY SYRUP Bokudake-ga

Wie oft denkt man wirklich an die anderen? Natürlich weiß man theoretisch, wie viele Menschen außer einem selbst auf der Welt leben, aber wann ist einem dieser Sachverhalt schon einmal wirklich bewußt? Als Kind hatte sich Bernhard an großen Kreuzungen immer gefragt, wie es wohl sei, einen Überblick über alle Menschen zu haben, die zu diesem bestimmten Zeitpunkt, da Bernhard sich dort aufhielt, ebenfalls irgendwohin unterwegs waren, zu wissen, an welchen Punkt in ihrem Leben sie sich gerade befanden, wohin sie fuhren, woher sie kamen, was ihre Gedanken in diesem Moment waren. Er stellte sich dann vor, daß *Wahnsinn* bedeuten mußte, eben dies alles in einem einzigen Gedanken zu erfassen. In dem Film *In den Schuhen des Fischers* spielt Oskar Werner in einer Nebenrolle einen jungen Priester im Vatikan, der mit Gott hadert und schließlich an einem Gehirnschlag stirbt. In der Sterbeszene taumelt er durch eine große Halle, faßt sich an den Kopf, windet sich und ruft immer wieder Sachen wie: Ja! Jetzt verstehe ich! Ah! Am Ende bricht er zusammen und ist tot. Diese Filmszene war es, die Bernhard ein Bild für seine eigenen Vorstellungen lieferte und sie zugleich in einem gewissen Sinne objektivierte, da ja offensichtlich auch andere Menschen vor ihm schon ähnlich gedacht hatten. Wir erwähnen dies alles, um bestimmte Verhaltensweisen Bernhards, wie sie im weiteren erzählt werden, etwas weniger dunkel erscheinen zu lassen. Denn tatsächlich hatte ihn diese Todesart sehr beeindruckt und in ihm den Wunsch nach einem vergleichbaren Ende geweckt. Zunächst aber verlief sein Leben in den vorherbestimmten Bahnen, er machte Abitur, studierte Betriebswirtschaftslehre, fand nach einiger Wartezeit eine Stelle bei einem Kölner Unternehmen und führte ein recht unauffälliges Dasein. Er hatte einige Freunde, mit denen er hin und wieder etwas unternahm, auch hatte er schon Erfahrungen mit Frauen gemacht. Seine Beziehung zu Doris allerdings war von Anfang an anders gewesen als alles, was er bisher gekannt hatte. Er hatte ihre Bekanntschaft in dem Tanzkurs gemacht, zu dem ihn seine Freunde überredet hatten, nachdem er eigentlich schon in der Schule nie Interesse am Tanzen gehabt hatte. Jetzt aber, in seiner Stellung, müsse er unbedingt tanzen können, zumindest Standard. So ähnlich hatten zwar auch schon seine Eltern argumentiert, doch nun als Berufstätiger leuchtete Bernhard diese Logik zum ersten Mal tatsächlich ein. Doris war nicht seine feste Tanzpartnerin gewesen, die hatte er bald wieder vergessen, aber bei verschiedenen informellen Anlässen hatten sie ein-, zweimal getanzt, hatten sich recht sympathisch gefunden und sich schließlich zu einer Mittagspause verabredet, da beide im selben Viertel ihren Arbeitsplatz hatten. Das Besondere aber an Bernhards Beziehung zu Doris war seine von Anfang an bestehende Eifersucht. Sobald er sie das erste Mal in der Tanzschule gesehen hatte, hatte er eine Verärgerung darüber empfunden, daß sie nicht mit ihm, sondern mit einem anderen tanzte. Dabei hatte er sie da ja noch gar nicht gekannt. Tatsächlich begann sich Bernhard vor allem deswegen für sie zu interessieren, weil er wissen wollte, was es mit diesem seltsamen Gefühl der Eifersucht auf sich haben mochte, das er so noch nicht erlebt hatte. Nur deshalb fing er ein Gespräch mit ihr an und fand schon bald, daß sie sehr sympathisch sei. Als sie dann in der Mittagspause zusammen aßen, war er schon verliebt in sie, und wieder fühlte er einen leichten Groll darüber, daß sie nach dem Essen zurück an ihre Arbeit mußte.

Auch sie schien ihn ganz nett zu finden, man verabredete sich für einen Tag noch in derselben Woche. Dieses Mal wurde ihr Gespräch schon etwas persönlicher, doch noch kam es zu keiner weitergehenden Verabredung. Dann trafen sie sich an einem Sonntag durch Zufall in der Cinemathek, Bernhard war alleine gekommen, Doris in Begleitung eines ungefähr gleich alten Mannes, den sie als Kollegen vorstellte. Zu dritt gingen sie etwas trinken, der Kollege verabschiedete sich bald darauf, die beiden blieben alleine zurück und überlegten, was sie noch unternehmen könnten, da sie beide noch guter Laune waren. Tanzen, schlug Doris vor, und Bernhard mußte zugeben, daß er schon lange nicht mehr in einer Disco gewesen sei. Sie wies ihn scherzend darauf hin, daß er doch jetzt das Tanzen gelernt habe, er widersprach nicht. Auf dem Hohenzollernring hakte sie sich bei ihm unter, später, im Taxi, küßten sie sich. Dabei beobachtete Bernhard im Rückspiegel die Augen des Taxifahrers, die nicht nur auf den Verkehr zu achten schienen. An einer weniger befahrenen Stelle machte er sich von Doris los und sagte scharf, nach vorne gewandt: Was gibt es denn da zu gucken?! Bitte? machte der Taxifahrer und ließ sich nicht aus der Ruhe bringen. Achten Sie gefälligst auf den Verkehr! Doris schüttelte den Kopf, was hast du denn, fragte sie. Nichts, winkte Bernhard ab. Noch ein paar Sekunden guckte er streng in Richtung des Fahrers, der weiter stoisch blieb, dann ließ seine Anspannung nach, und sie küßten sich wieder. Er wußte nicht, ob es eine Folge seines kurzen Ausfalls war, auf jeden Fall aber wollte Doris dann lieber zu sich nach Hause fahren, alleine. Dennoch war der Abschied hoffnungsvoll, man wollte am nächsten Abend telefonieren. Was, dachte Bernhard nachts im Bett, wenn sie schon jemanden hat? Natürlich war das äußerst unwahrscheinlich, ihr Tanzpartner zumindest war ein einfacher Bekannter gewesen, in ihren Gesprächen war kein einziges Mal auch nur eine Andeutung in der Hinsicht gefallen. Höchstens hätte sie parallel zu Bernhard einen anderen kennenlernen können, aber auch dafür gab es keine Anzeichen. Im Grunde, so sagte es ihm die Vernunft, lief alles bestens. Aber was sie wohl jetzt gerade machte? Er schaute auf die Uhr, es war bereits kurz nach drei. In einem Buch hatte er einmal gelesen, daß es keine menschliche Handlung gebe, die nicht irgendwo auf der Welt gerade von irgend jemandem begangen würde. Wie viele Frauen betrogen wohl gerade ihren Mann, wie viele Männer planten jetzt in diesem Moment einen Mord? Er schaute wieder auf die Uhr, genau eine Minute war vergangen. Im Traum biß er in ein schimmliges Brot, der Schimmel schmeckte ätzend scharf, er wurde den Geschmack erst wieder gegen Mittag los. Nachmittags kam sein Chef vorbei und fragte, wie es ihm gehe, er verzog nur den Mund. Zu Hause hatte er eine Nachricht von Doris auf dem Anrufbeantworter, er rief sofort zurück, die beiden verabredeten sich für ein Konzert am folgenden Abend – an diesem konnte Doris nicht. Gegen elf rief er ein zweites Mal an, als sie sich meldete, legte er hastig auf. Während er noch Fernsehen schaute, stellte er sie sich in Gedanken vor, wie sie aussah, wie sie sprach und sich bewegte. Er hatte noch immer keine Erklärung für seine Eifersucht, die sich ja, nüchtern gesehen, auf nichts gründete. Schließlich hatte er ja kein Recht auf sie, falls überhaupt jemals ein Mensch auf einen anderen ein *Recht* haben konnte. Überhaupt war ihm ein solches Besitzdenken immer fremd gewesen, es mußte mit etwas anderem zu tun haben, etwas Grundsätzlicherem. Um sich abzulenken, holte er einige alte Sportzeitungen hervor und zeichnete mehrere Diagramme, die das Auf und Ab seines Lieblingsvereins während der letzten Spieltage dokumentierten. Er nahm sich Zeit dafür, zog auch die kürzesten Linien mit dem Lineal, radierte wenn nötig. Es war dies eine Übung, die noch aus seiner Kinderzeit stammte, als er festgestellt hatte, daß solche kleinen selbstgestellten Aufgaben ihm eine Ruhe vermittelten, die er woanders nur selten fand. Auch verstand er dabei oftmals Dinge, die er durch bloßes Nachdenken niemals in solcher Klarheit herausgefunden hätte. Aber diesmal blieb ihm eine besondere Erkenntnis verwehrt, müde zog er sich schließlich aus und legte sich schlafen. Der nächste Tag verlief in der gewohnten Weise, um halb acht klingelte er an Doris' Tür. Sie öffnete, angetan in ein gelbes Abendkleid, und bat ihn herein. Er hatte nicht mit einem klassischen Konzert gerechnet und war entsprechend *underdressed*. Das macht nichts, beschwichtigte ihn Doris, eigentlich komme ich mir selbst ein bißchen aufgedonnert vor. Wir können auch einfach hierbleiben, schlug Bernhard vor, was ein Lächeln auf Doris' Gesicht verursachte. Als er sie dann das erste Mal nackt sah, fiel ihm ein Wort ein, von dem er den ganzen Rest der Nacht nicht wußte, ob er es ihr sagen sollte, und zwar: *Nazibusen*. Er entschied sich dafür, es besser zu verschweigen, auch wenn er der Meinung war, daß die Form ihrer Brüste dadurch treffend beschrieben werde; am Ende versuchte er es mit gefälligeren Umschreibungen, die eher nach Komplimenten klangen. Während sie nebeneinander einschliefen, war für einen Wimpernschlag lang alles gut. Dann wachte er auf, konnte nicht wieder einschlafen, ging leise in der fremden Wohnung umher und ertappte sich dabei, wie er nach Anzeichen für einen Besuch am vorangegangenen Abend suchte, natürlich vergebens. Sie fand ihn in der Küche, ob sie jetzt schon wußte, daß etwas mit ihm nicht in Ordnung war? Am Morgen frühstückten sie zusammen, ihre Arbeit begann früher als seine, gemeinsam verließen sie das Haus. Nachdem sie aus der Bahn ausgestiegen war, malte er sich ihren weiteren Weg in Gedanken aus, aber es gelang ihm nicht, sich auf sie zu konzentrieren, zu viele andere Passanten und Fahrgäste kreuzten ihren Weg, er wußte nicht, wem davon er nicht vielleicht auch weiter folgen sollte. Er kam zu spät zur Arbeit, niemand bemerkte es so recht, er hatte noch einmal Glück. An diesem Abend erwartete er Doris bei sich zum Essen, im Laufe der Zeit hatte er sich zu einem begeisterten Koch entwickelt und war stolz, ihr ein dreigängiges Menü servieren zu können. Sie lobte ihn auch entsprechend, der Abend verlief in angenehmer Atmosphäre. Er erzählte von seinem Tag, sie gab eine kurze Episode wieder, die sie auf dem Nachhauseweg erlebt hatte. Eine Gruppe von Kindergartenkindern war mit ihren Betreuerinnen von einer Exkursion in den Zoo zurückgefahren, irgendwie war die Unterhaltung auf die Berufswünsche der Kinder gekommen. Alle nannten die typischen Wunschberufe wie Lokomotivführer, Krankenschwester usw. Ein blonder Junge aber sagte, er wolle später Roboter werden. Auch als die anderen darüber lachten, blieb er ganz ernst und gefaßt, als seien es eben die anderen, die einfach nicht über ausreichende Informationen verfügten. Zu Doris' Überraschung verstand Bernhard diese Geschichte nicht, was ist daran lustig? fragte er. Doris, die beim Erzählen selbst noch einmal hatte lachen müssen, wurde immer ernster, als ihr klar wurde, daß Bernhard tatsächlich die Komik dieser Anekdote nicht erfaßte und langsam aggressiv wurde. Warum erzählst du mir das? fragte er in vorwurfsvollem Ton. Doris antwortete, es gebe keinen bestimmten Grund, sie habe einfach eine nette Geschichte erzählen wollen. Du mußt doch einen bestimmten Grund gehabt haben, du erzählst mir doch nicht einfach irgendwas, insistierte Bernhard. Nicht irgendwas, wehrte sich Doris, eben eine lustige kleine Geschichte. Was willst du mir damit sagen, worauf willst du denn hinaus?! Bernhard schrie beinahe, Doris faltete ihre Serviette und erklärte, sie gehe jetzt wohl besser, er hinderte sie nicht. Am nächsten Tag sprach er mehrmals auf ihren Anrufbeantworter, er entschuldigte sich für die Szene, die er ihr gemacht habe, er wisse selbst nicht, was über ihn gekommen sei. Abends erwischte er sie dann persönlich, ihre Stimme klang reserviert. Sie sagte, sie fahre am nächsten Morgen für einige Tage nach Hamburg, vielleicht sei es auch ganz gut, wenn sie sich eine Zeitlang nicht sähen, es sei ja alles ziemlich schnell gegangen, vielleicht sollten sie es sich beide noch einmal gut überlegen. Er zeigte sich zerknirscht und bat, sie solle ihm noch eine Chance geben. Sie sagte, sie wolle es sich überlegen, dann legte sie auf. Er glaubte ihr nicht. In der Besteckschublade fand er, was er brauchte. Mit dem letzten Bus fuhr er zu ihrer Wohnung, suchte den Wagen, der tags zuvor aus der Werkstatt gekommen war. Es kostete Kraft, die Klinge in die Reifen zu stechen, aber er schaffte es in allen vier Fällen. Zufrieden nahm er sich ein Taxi nach Hause. Dort zog er das Telefon aus der Leitung und dachte daran, wie draußen die Menschen unterwegs waren, bei jedem Autogeräusch von der Straße sah er den Fahrer deutlich vor sich. Er schlief nicht, ungewaschen und mit leerem Magen brach er zur Arbeit auf. In der Bahn stand er vor einem Schild, auf dem die Verkehrsbetriebe eine Belohnung für Hinweise in Fällen von Vandalismus ausschrieben. Nachdem er den Text mehrmals leise gelesen hatte, las er ihn laut den anderen Fahrgästen vor. Da steht *Wir zahlen Ihnen 100 DM*, sagte er dann, wer soll das denn sein, *wir*? Wer ist damit gemeint? Wer hat das geschrieben? Ich verstehe das nicht. Zunächst schauten die anderen Fahrgäste alle weg, bis er dann so laut wurde, daß der Fahrer die Polizei holen mußte. Zwei Beamte redeten ruhig auf

Bernhard ein, der sich inzwischen bereit erklärt hatte, die Bahn zu verlassen. Zu dritt standen sie vor einem Fernsehgeschäft. Im Schaufenster war eine Videokamera angebracht, die Aufnahmen der Straße auf einen der Bildschirme übertrug. Da, sagte Bernhard und zeigte mit dem Finger auf sein eigenes Bild, das diese Bewegung sofort übernahm.

1994

AUDIO ACTIVE Ala-Mecka-Bickally-Dub

Sie war die erste in der Familie gewesen, die auf ein Gymnasium ging, ein altsprachliches noch dazu, und so hatte sie sich anfangs nicht einmal getraut, den Verwandten zu erzählen, daß sie nun Griechisch lernte, doch mit der Zeit hatte Idil ein ganz neues Selbstbewußtsein gewonnen, das ihr nun, als die Eltern von ihrer Absicht erzählten, in die Türkei zurückzukehren, den Mut gab, auf den eigenen Aufenthalt in der Fremde, die dies schon lange nicht mehr war, zu bestehen. Am Abend des Tages, an dem ihr der Immatrikulationsbescheid der Universität Bochum zugestellt worden war, traf sie sich in der *Zeche* mit einigen Freundinnen, die auch gerade Abitur gemacht hatten und jetzt alle, wie sie, vor schwierigen Entscheidungen standen. So überlegten zwei, ob sie sich nicht einbürgern lassen sollten, ein Gedanke, den auch schon Idil mehr als einmal gefaßt hatte, wenn auch bisher ohne konkrete Folgen. Eine andere Freundin erzählte, sie plane, vielleicht in Köln zu studieren, und wolle deshalb am nächsten Wochenende dort eine Cousine besuchen, ob Idil nicht Lust habe, sie zu begleiten? Sie wußte nämlich, daß Idil zu Hause eine schwierige Phase durchlebte und ihr etwas Distanz sicher gut täte. Idil selbst war denn auch sofort angetan von der Idee, sie verabredeten sich für den folgenden Freitag, ihre Eltern, so Idil, hätten sicher nichts dagegen, außerdem sei sie ja auch alt genug, für sich selbst zu entscheiden. Tatsächlich hatten die Eltern gegen das Wochenende in Köln nichts einzuwenden, insgeheim hofften sie, daß Idil nur etwas Zeit brauche, um zur Besinnung zu kommen und zu erkennen, daß sie in Deutschland niemals genauso behandelt werden würde wie jemand mit deutschen Eltern. Sollte sie doch dort bei ihren deutschen Freunden das Wochenende verbringen, sie würde schon merken, daß es einen Unterschied zwischen ihr und den anderen gab. Die Woche verging zäh wie immer, sie hatte sich noch immer nicht daran gewöhnen können, nicht mehr den vorgegebenen Alltag der Schule zu haben. Zwar konnte sie jetzt machen, was sie wollte, aber dieses Zwischenstadium bis zum Beginn des Studiums hatte schon bald angefangen, eher lähmend auf sie zu wirken. So half sie nun, was sie vorher niemals geglaubt hätte, öfter einmal im Geschäft ihres Vaters mit. Am späten Freitag nachmittag rief ihre Freundin, die schon einen eigenen Wagen hatte, an und sagte, sie werde Idil in einer halben Stunde abholen. Es gab daraufhin noch einen kurzen Streit mit ihren Eltern, die es lieber gesehen hätten, wenn Idil noch mit ihnen gegessen hätte, so aber nahm Idil ihren Rucksack und verabschiedete sich nur knapp von ihnen, während sie selbst schon am gedeckten Tisch saßen. Als Idil auf der Autobahn eine Kassette einschob und die Lautstärke aufdrehte, kam sie sich vor, als führen sie in Urlaub. Idil erzählte, sie wolle sich demnächst bei einer Fahrschule anmelden, im Moment habe sie ohnehin nichts zu tun, da könne sie auch endlich den Führerschein machen. Ihre Freundin ermutigte sie, sie könne sich schon gar nicht mehr vorstellen, wie sie es früher ohne Wagen habe aushalten können. Sie mußten beide lachen bei dieser Übertreibung, dann kam eine Baustelle, die Freundin ging vom Gas und konzentrierte sich wieder auf den Verkehr. Vor Köln kamen sie in einen leichten Stau, die Freundin, die Petra hieß, fragte Idil, ob sie schon einmal in Köln gewesen sei. Idil verneinte, Petra aber schilderte eine ganze Reihe von früheren Besuchen. Petras Cousine wohnte nahe am Rhein, gleich hinter der Altstadt. Sie fuhren mehrere Male um den Block, bis sie endlich einen freien Parkplatz fanden. Das Viertel erinnerte Idil an ihr eigenes in Bochum, in dem hauptsächlich ältere Leute, Ausländer und Studenten wohnten. Die Cousine kam ihnen schon im Treppenhaus entgegen, sie war einige Jahre älter als Petra, ähnelte ihr aber deutlich. Ich heiße Anne, sagte sie. In der Wohnung zeigte sie den beiden jüngeren Frauen, wo sie schlafen würden und wo sich das Badezimmer befand. Dann setzten sich alle in die Küche und unterhielten sich. An der Wand hingen in einem Wechselrahmen mehrere Zeitungsausschnitte und Fotografien von dem Hochwasser, das im Winter zuvor auch Annes Straße unter Wasser gesetzt hatte. Anne erzählte, wie alle Hausbewohner zusammen den Keller ausgeräumt hatten, und wie durch den Abfluß im Hof das Wasser gekommen war. Zum Glück ziehe sie jetzt nach Hamburg, erklärte Anne, ein weiteres Hochwasser wolle sie auf keinen Fall erleben. Du ziehst aus? fragte Petra, hast du schon einen Nachmieter? Anne lachte, wenn du willst, sagte sie, kannst du gerne hier einziehen. Ich fürchte nur, die Miete ist für eine Studentin etwas zu hoch. Petra zuckte mit den Schultern. Wenn meine Eltern mir einen Wagen kaufen, meinte sie, werden sie mir auch eine Wohnung bezahlen. Willst du auch in Köln studieren? wandte sich Anne an Idil. Ich bleibe in Bochum – zumindest für den Anfang. Anne erzählte, daß sie versuchen wolle, in Hamburg als Journalistin zu arbeiten, dort seien die Chancen besser als in Köln, außerdem habe man ihr ein Angebot gemacht, das sehr verlockend sei. Die beiden anderen wünschten ihr viel Glück, dann gab es ein lautes Klingeln, und der Auflauf war fertig. Nach dem Essen fragte Petra, welche Clubs Anne ihnen empfehlen könne. Ihr könnt ja mal im *IZ* gucken, schlug Anne vor, da müßte heute House laufen. Sie beschrieb ihnen, wie sie mit dem Wagen dorthin kommen konnten, sie selbst wolle lieber zu

Hause bleiben und noch etwas arbeiten. Trotzdem fuhren sie dann erst eine Zeitlang im Kreis herum, bis sie endlich mit Hilfe eines Passanten die Luxemburger Straße und auch einen Parkplatz in der Nähe des *IZ* fanden. Von außen konnte man nicht viel erkennen, der Türsteher jedenfalls war freundlich und ließ sie ohne Umstände hinein. Im vorderen Bereich sah es eher wie in einem Café aus, nur war das Licht recht schummrig. Das Publikum schien gemischt, viele waren wohl so alt wie Idil und Petra, doch gab es auch einige ältere Leute. Der Großteil schien allerdings aus Studenten zu bestehen. Idil stellte sich vor, daß diese Studenten hier jeden Abend verbrachten, wahrscheinlich war ihnen inzwischen sogar schon langweilig, wenn sie hier waren. Dort hinten geht es weiter, sagte Petra. Tatsächlich erreichte man die Tanzfläche erst durch zwei Zwischentüren, die aus Lärmschutzgründen eine Art Schleuse bildeten. Idil wunderte sich, daß auch in Köln die Anwohner offenbar kleinlich waren. Petra zog sie auf die Tanzfläche, die beiden tanzten einige Stücke lang. Als sie danach an der Theke etwas zu trinken holen wollte, stieß Idil in einem Moment der Unachtsamkeit, da sie in ihrer Hose nach dem Geld fischte, einen Jungen an, der in einer Engstelle an ihr vorbei wollte. Die Münzen fielen ihr aus der Hand, in der ersten Reaktion war der Blick des Jungen erschrocken, als fürchte er, in einen Streit verwickelt zu werden, als er aber erkannte, daß von Idil keine Gefahr ausgehen würde, grinste er frech und, etwas unvermittelt, auch selbstbewußt. Das ist deine Schuld, sagte Idil. Der Junge erschrak erneut, sofort bot er Idil an, ihr etwas auszugeben, in dem Gewühl nach dem Geld zu suchen, sei ja aussichtslos. Idil nickte und versuchte, Petra auszumachen, um ihr ein Zeichen zu geben, konnte sie aber nicht sehen. Der DJ blendete ein Sample aus einem Stück ein, das Idil kannte, sie ging weiter zur Theke, der Junge folgte ihr. Er bestellte ihr ein Wasser und sagte, daß er Sven heiße. Idil nannte ihren Namen, Sven erklärte, daß es unter seinen Bekannten ein Mädchen mit dem gleichen Namen gebe. Aha, sagte Idil, bist du oft hier? Es geht, sagte Sven. Jetzt kam Petra dazu, zu dritt wurde die Unterhaltung schwieriger, weil keiner den anderen beiden gleichzeitig ins Ohr sprechen konnte. Man verständigte sich darauf, etwas nach vorne zu gehen. In der Schleuse überkam Petra dann jedoch wieder eine große Lust zu tanzen, sie kehrte um und kündigte an, sie werde später nachkommen. Sven und Idil gingen durch die zweite Tür und suchten einen Sessel, auf dem sie gemeinsam Platz fanden. Idil erzählte, daß sie in Bochum wohne und nur das Wochenende in Köln sei, Sven fragte, was sie mache, studieren, sagte Idil, das heißt ab Oktober. Es stellte sich heraus, daß Sven ein Jahr jünger war als sie, er hatte eine Lehre gemacht und arbeitete jetzt als Schreiner. Das finde ich auch gut, sagte Idil, wenn man mit seinen Händen etwas machen kann. Dabei schaute sie auch gleich Svens Hände an, dem dieser Blick offenbar unangenehm war, denn er zog die Hände, die vorher auf seinen Knien gelegen hatten, hinter den Körper zurück. Eine Stille trat ein, die einige Sekunden dauerte. Eigentlich würde ich lieber was mit Musik machen, sagte dann wieder Sven, auflegen oder produzieren oder so. Kennst du dich damit aus? fragte Idil. Klar, sagte Sven und fing an zu erzählen. Als Petra nach einiger Zeit dazukam, war sie plötzlich ein Eindringling, der sich bald wieder auf die Tanzfläche zurückzog. Was macht ihr morgen? fragte Sven. Wissen wir noch nicht, wahrscheinlich erst mal ausschlafen. Wir können ja zusammen frühstücken, dann zeige ich euch noch was von Köln. Mal sehen, was Petra vorhat. Ja, klar. Sie unterhielten sich weiter, bis schließlich Petra ein letztes Mal zu ihnen stieß, inzwischen war sie schweißgebadet. Sie konnte nun beim besten Willen nicht wieder auf die Tanzfläche zurück, und so verabschiedete sich Sven von den beiden, schrieb Idil noch seine Telefonnummer auf wegen des Frühstücks, dann ging er zurück durch die Schleuse. Ich bin ganz schön fertig, sagte Petra. Der Rückweg war leichter als der Hinweg, mit Annes Schlüssel schlossen sie die Wohnung auf und verhielten sich leise, um ihre Gastgeberin nicht zu wecken. Als sie am nächsten Morgen aufstanden, hatte Anne das Haus schon verlassen. In der Küche fanden sie eine kurze Notiz, daß sie gegen Nachmittag wieder da sei, falls sie schon fahren wollten, sollten sie den Schlüssel in eine Schale auf dem Fensterbrett legen. Idil holte Butter und Käse aus dem Kühlschrank, Petra schaute nach Brot. Es gab nur noch einen kleinen Rest, und so zögerten sie, Anne das ganze Brot wegzuessen. Idil erinnerte sich, daß sie zwei Straßen weiter eine Bäckerei gesehen hatte, sie schlug vor, dort Brötchen kaufen zu gehen, Petra erklärte, sie wolle solange duschen. Als sie auf der Straße eine Telefonzelle sah, fiel ihr ein, daß sie ja Sven anrufen wollte, sie suchte in ihrer Hosentasche nach dem Zettel mit seiner Nummer, aber der Zettel mußte herausgefallen sein, jedenfalls war er nicht mehr dort. Sie schaute in den anderen Taschen nach, doch nirgendwo war er zu finden. Eine Frau sprach sie an, die Schwierigkeiten mit ihrem Haustürschlüssel hatte. Sie bat Idil, ihr die Tür aufzuschließen, und hielt ihr schon ein Schlüsselbund mit einem roten Pilz entgegen. Idil schloß also die Tür auf, und da die Frau einen recht erbärmlichen Eindruck machte, fragte sie, ob sie auch wirklich alleine weiter zurechtkomme. Die Frau nickte mehrmals, dabei hatte sie Mühe, das Gleichgewicht zu halten, und gerade als Idil sich abwenden wollte, sagte sie leise: Oben auch. Während Idil ihr in den dritten Stock hinaufhalf, ermahnte sie sie vorsichtig, daß es besser sei, am frühen Morgen noch nicht soviel zu trinken. Die Frau hörte geduldig zu, nickte hier und da. Vor der Wohnungstür wollte sie Idil den passenden Schlüssel heraussuchen, aber Idil hatte ihn anhand des Namens des Herstellers schon selbst gefunden. Während sie aufschloß, lehnte die Frau mit schwerem Atem gegen das Treppengeländer. Aus der Wohnung kam kein besonderer Geruch, der kurze Flur, den Idil sehen konnte, wirkte recht normal. Idil blieb im Treppenhaus stehen, sie wollte der Frau keine Angst machen. Tatsächlich nämlich fand sie es schon sehr riskant, einfach einen Passanten die eigene Wohnung aufschließen zu lassen, die Frau konnte von Glück sprechen, daß Idil so harmlos war, ein anderer hätte sich vielleicht die Situation zunutze gemacht und etwas gestohlen. Sie wollte die Frau schon darauf hinweisen, daß sie in Zukunft nicht so sorglos sein solle, doch kam ihr der Gedanke, ihr gerade durch diesen Hinweis Angst einzujagen, zumindest aber ein ungutes Gefühl. Statt dessen fragte sie noch einmal nach, ob wirklich alles in Ordnung sei, die Frau nickte erneut und sagte etwas, das wie *hinlegen* klang. Das ist eine gute Idee, sagte Idil, ruhen Sie sich erst mal aus. Sie wartete, bis die Frau die Tür hinter sich geschlossen hatte, dann ging sie zurück nach unten. Als sie in die Straße mit der Bäckerei bog, konnte sie schon von weitem sehen, daß diese nicht geöffnet hatte. Auf gut Glück versuchte sie es in zwei anderen Straßen, aber alles, was sie fand, war ein Kiosk, der Fladenbrote verkaufte. Während der Kioskbesitzer das Brot in eine Tüte packte, unterhielt er sich auf Türkisch mit einem anderen Mann, der in einer Illustrierten blätternd gegen den Türrahmen lehnte, es war Idil aber nicht unangenehm, das Gespräch der beiden verstehen zu können. In der Wohnung hatte Petra schon Kaffee gekocht, gemeinsam frühstückten sie und überlegten, was sie machen sollten. Petra, die ja bald ohnehin in Köln wohnen würde, fand, daß ruhig Idil bestimmen sollte, der aber auch nichts einfiel. Dann schlug Petra vor, sie könnten ja zum Unigelände fahren, es gebe dort viel Grün, außerdem könne sie Idil so schon einmal zeigen, wo sie ab dem Herbst ihre Tage verbringen werde. Lieber nicht, sagte Idil, sonst werde ich noch neidisch und halte es in Bochum nicht mehr aus. Auch im Wagen suchte sie noch nach Svens Telefonnummer, aber der Zettel blieb verschwunden, Petra hatte ihn ebenfalls nicht gesehen. Den Weg zur Uni war Petra bereits mehrfach gefahren, in kurzer Zeit waren sie dort angelangt. Sie gingen die Wiesen hinter dem Hauptgebäude entlang, dann weiter bis zum Aachener Weiher. Dort setzten sie sich auf eine Bank und schauten auf das Ufer. Mehrere Schwäne waren an Land gekommen, ihre großen Füße standen in einem merkwürdigen Widerspruch zu der anmutigen Gestalt, die sie zuvor auf dem Wasser gemacht hatten. Es gab einen leichten Nieselregen, der bald wieder nachließ. Eigentlich war es verboten, die Tiere zu füttern, aber einige Passanten taten es doch.

1996

EL-MALO Happy Goes Around

Im Grunde kann niemand genau sagen, wann er einen anderen zum ersten Mal gesehen hat. Alle die verklärten Erinnerungen an die erste Begegnung zweier Liebender, wie sicher kann man sein, daß sie tatsächlich das erste Treffen zum Gegenstand haben, und nicht das zweite oder dritte? Wir wollen das im folgenden einmal an einer Geschichte ausführen, die sich vor nicht allzu langer Zeit in Berlin zugetragen hat. Klaus, ein junger Psychotherapeut, lernte auf der Party einer Freundin eine junge Frau kennen, die ihm auf Anhieb sympathisch schien. Nachdem er zunächst nur mehrmals zu ihr herübergeschaut hatte, hatte er sich schließlich der Gruppe um sie hinzugesellt, in der man gerade über die Aktienpläne der Telekom redete. Alle waren sich einig, daß die dazugehörige Kampagne der Telekom wirklich das letzte war, und alle wünschten dem Unternehmen ein totales Desaster. Besonders die junge Frau sprach mit besonderer Härte von den *Idioten von der Telekom*, und wie dreist sie die letzte Tariferhöhung gefunden habe. Klaus stimmte ihr zu, das sei wirklich eine Unverschämtheit gewesen. Dabei rückte er ein wenig näher an sie heran. Aus dem anliegenden Zimmer kam nun die Gastgeberin und erklärte, daß das Buffet eröffnet sei. Bewegung kam in die Anwesenden, die meisten Gruppen lösten sich entweder auf oder begaben sich geschlossen in Richtung Essen. Nur Klaus und die junge Frau blieben nebeneinander stehen, offenbar unschlüssig, was zu tun oder zu sagen. Bist du ein Freund von Nadja? fragte sie dann. Klaus bejahte und stellte sich vor. Etwas steif reichte er Renate, so hieß sie leider, die Hand. Ich weiß, sagte sie, das ist ein blöder Name, aber was soll ich machen. Ach, so schlimm ist der Name gar nicht, entgegnete Klaus, du hättest einen viel schlimmeren Namen haben können, du könntest ja auch Tampon heißen oder Stalin. Renates Gesicht nahm eine vage Ausdruckslosigkeit an, und schnell erklärte Klaus: Das ist aus einem Film. Eine leichte Irritation blieb auf Renates Gesicht, in einer Übersprungshandlung zupfte sie an einer Locke in der Stirn. Klaus spürte, wie seine Handflächen feucht wurden, ein Glück, dachte er, daß wir das Händeschütteln schon hinter uns haben. Du guckst wohl viele Filme? fragte sie. Klaus machte eine beschwichtigende Geste, kaum, sagte er, aber ich habe ein ganz gutes Gedächtnis für Dialoge. Da muß ich ja aufpassen, was ich sage, bemerkte Renate, was bei beiden eine Lösung der Spannung bewirkte. Sie kamen ins Gespräch. Als die ersten Gäste mit ihren beladenen Tellern aus der Küche zurückkamen, schlug Klaus vor, sie könnten ja nun auch einmal in die Küche gehen, ein wenig Hunger habe er nämlich schon. Am Buffet trafen sie Nadja, mit der sie sich während des Essens unterhielten. Langsam wurde jetzt die Musik lauter, tanzbarer. Renate arbeitete beim Finanzamt, gehobener Dienst, eine gesicherte Sache. Sie zeigte sich interessiert an Klaus' Arbeit, hatte sogar ein gewisses Vorwissen über Gestalttherapie. Ein früherer Freund von ihr hatte Psychologie studiert, damals hatte sie für ihn eine Hausarbeit getippt und einiges im Gedächtnis behalten. Nadja verließ sie immer wieder für einige Minuten, um mit anderen Bekannten zu sprechen, kam dann aber stets zu den beiden zurück. Wie so oft in Gesprächen über seine Arbeit war Klaus auch diesmal wieder hin- und hergerissen zwischen seiner Schweigepflicht und dem Wunsch, ein interessanter Gesprächspartner zu sein. Schließlich kam ihm Renate entgegen mit ihrer Bemerkung, er habe ja schon den ganzen Tag mit seinen Patienten zu tun, da müsse sie ihn nicht auch noch in seiner Freizeit mit Fragen dazu löchern. Aber nein, sagte Klaus und lächelte erleichtert. Eine einzelne Frau begann zu tanzen. Ist dir auch schon aufgefallen, fragte Renate, daß auf solchen Parties immer zuerst die Frauen tanzen? Ja stimmt, sagte Klaus, darüber habe ich noch nie nachgedacht, aber du hast recht. Dann stellte er sein Glas ab und begann selbst zu tanzen. Er übertrieb die Bewegungen, als wisse er, daß sein Tanzstil ohnehin lächerlich aussehe und nur durch Überzeichnung gerechtfertigt werden könne. Renate schaute ihm amüsiert zu, erst bei dem nächsten Lied folgte sie seiner Einladung auf die Tanzfläche. Die Party hatte nun ihren Höhepunkt erreicht, die ersten Gäste gingen. Ich kann nicht mehr, seufzte Renate schließlich Klaus ins Ohr und zog sich an die Wand des Wohnzimmers zurück. Klaus tanzte noch einige Minuten weiter, dann kam er zu ihr und fragte, ob sie noch etwas trinken wolle. Sie verneinte. Sie guckten sich kurz an, Klaus fragte: Etwas frische Luft? Sie nickte, und beide bahnten sich ihren Weg zum Schlafzimmer, um ihre Mäntel zu holen. Vor der Tür fing sie Alissa, die Gastgeberin, ab und versuchte ohne Erfolg, sie zum Bleiben zu überreden. Draußen war es herbstlich, der Mond von Wolken verdeckt. Sie sprachen über Alissa, die sie beide bisher nicht gekannt hatten und die die beste Freundin von Nadja war. Nachdem deren alte Wohnung wegen Eigenbedarf gekündigt worden war, war sie vor kurzem sogar bei Alissa eingezogen. Nadja hat mir erzählt, sagte Klaus, daß sie praktisch zusammen aufgewachsen sind. Dann kommt Alissa auch vom Bodensee? fragte Renate. Klaus nickte. Ich hätte auch gerne eine beste Freundin, gestand Renate. Klaus war überrascht, ich dachte, sagte er, jede Frau hätte eine beste Freundin. Renate blieb stehen, so ein Unsinn, sagte sie, hast du etwa einen besten Freund? Nein, antwortete Klaus, ich bin ganz allein. Dabei guckte er so glaubhaft traurig, daß Renate einen Moment nicht wußte, ob sie lachen oder ihn in den Arm nehmen sollte. Dann grinste er und sagte: Aber jetzt nicht mehr. Zusammen gingen sie weiter. Klaus bot Renate an, sie mit dem Auto nach Hause zu fahren, was diese gerne annahm. Beim Abschied tauschten sie Telefonnummern aus und verabredeten sich lose für den übernächsten Abend. Erst auf der Rückfahrt merkte Klaus, was für einen Umweg er gefahren war. Am übernächsten Tag erreichte ihn die Nachricht vom Tod einer ehemaligen Patientin. Er rief Renate an und fragte, ob es ihr etwas ausmache, das Treffen zu verschieben. Sie fragte, was passiert sei, er sagte es ihr. Ich kann auch bei dir vorbeikommen, schlug sie vor. Als sie ihren Kaffee trank, erklärte er ihr, warum er so betroffen sei. Diese Patientin sei einige Zeit bei ihm in Behandlung gewesen, sie habe schon einen Suizidversuch hinter sich gehabt und sei auch anfangs noch recht labil gewesen, dann aber sei es mit ihr bergauf gegangen, am Ende habe er sie aus der Behandlung entlassen mit dem Gefühl, daß sie ihre Todessehnsucht überwunden habe. Natürlich wisse er, daß man so etwas nie völlig ablegen könne, wie auch ein Alkoholiker sein ganzes Leben lang noch rückfällig werden könne von einem einzigen Tropfen, aber trotz besseren Wissens habe er sie praktisch als geheilt entlassen. Nun sei sie vor ein Auto gelaufen, man könne nicht sagen, ob absichtlich oder nicht, die Polizei jedenfalls schließe Suizid nicht aus. Und du, fragte Renate, was glaubst du? Ich weiß es nicht, sagte er, ich weiß auch nicht, was schlimmer wäre. Er fuhr mit dem Finger über den Rand seiner Tasse, dann lehnte er sich im Sessel zurück und wechselte das Thema. Es tut mir leid, daß du das mitbekommst, sagte er, eigentlich habe ich mir unser zweites Treffen romantischer vorgestellt. Blödsinn, sagte sie und goß sich noch Kaffee nach. Als sie sich zum Abschied küßten, konnten sie beide nicht glauben, daß es das erste Mal war. Auch zu der Beerdigung begleitete sie ihn dann. Es war ein stürmischer Sommermorgen, auf dem Waldfriedhof waren außer den Trauergästen kaum andere Besucher. Klaus stellte Renate allen vor, sie konnte sich auf Anhieb nicht alle Namen merken, erst recht nicht die zweier junger Chinesinnen, von denen die eine offenbar die beste Freundin der Verstorbenen gewesen war. Klaus redete länger mit den beiden, während Renate nur still dabeistand. Sie hatte bei solchen offiziellen Anlässen immer einen besonders starken Harndrang, vielleicht war es auch nur die Vorstellung, aus dem strengen Rahmen einer Trauerfeier heraus nur unter allgemeinem Aufsehen mittendrin noch einmal zur Toilette gehen zu können, auf jeden Fall entschuldigte sie sich unvermittelt und suchte hinter der kleinen Friedhofskapelle den Weg zur Damentoilette. Sie stieg eine Treppe in den Keller hinunter, ein unangenehmer Geruch kam ihr entgegen, der nicht nur aus dem üblichen Reinigungsmittelgeruch bestand. Sie betrat die einzige Kabine, wischte mit einem Taschentuch die Brille ab und setzte sich dann. Erleichtert hörte sie zu, wie die Flüssigkeit ihren Körper verließ. Während der Ausbildung hatte sie einige Monate in einem Wohnheim gelebt, in dem es nur gemeinsame Toiletten für Männer und Frauen gegeben hatte. Als dort das erste Mal in einer der Kabinen neben ihr ein Mann gesessen hatte, war sie überrascht gewesen, daß man nur das Geräusch hören konnte, das entstand, wenn der Urin auf das Porzellan des Beckens traf, nicht aber, wie bei ihr und Frauen überhaupt, das Austrittgeräusch. Seitdem war ihr selbst dieses Geräusch vor anderen ein wenig obszön vorgekommen, und sie hatte für den Rest der Zeit im Wohnheim stets während des Urinierens den Hebel des Spülkastens niedergedrückt, damit das Geräusch der Spülung ihr eigenes unhörbar machte. Später hatte ihr eine Freundin nach einer Japanreise erzählt, dort hielten es alle Frauen so. Sie wollte gerade abziehen, als durch das geöffnete Fenster des Vorraums zwei Stimmen hereinklangen. Renate schloß aus dem Gesagten, daß es sich wohl um zwei Friedhofsgärtner handeln mußte, denn der eine der beiden erzählte, man habe auf verschiedenen Friedhöfen herausgefunden, daß die Leichen der Menschen neuerdings kaum noch verwesen würden. Der andere zeigte sich skeptisch, doch der erste führte an, daß normalerweise nach zwanzig bis fünfundzwanzig Jahren alle Gräber wieder neubelegt würden, inzwischen aber dieser Zeitraum immer länger werde. Schließlich begründete er dieses Phänomen mit der Menge an Konservierungsmitteln, die der moderne Mensch mit der Nahrung heutzutage zu sich nehme. Renate wurde bei diesem Gedanken leicht übel, sie beeilte sich, wieder zu den anderen Trauergästen zu stoßen, die bereits in der Kapelle Platz genommen hatten. Klaus saß ganz außen in einer der hinteren Bänke, sie setzte sich zu ihm. Die Pastorin sprach vom Schmerz, den man nicht verdrängen dürfe, den man zulassen müsse, um ihn schließlich beenden zu können, Renate fand dies alles wenig einsichtig, früher hatten die Geistlichen bei Beerdigungen vom ewigen Leben gesprochen, hier war nur noch Tod, Sinnlosigkeit und, immer wieder, Schmerz. Sie spürte, wie sie sachte den Kopf schüttelte, beinahe den ganzen Rest der Predigt. Später, als sie hinter dem Sarg zum Grab gingen, fragte Klaus sie leise, warum sie mit dem, was die Pastorin gesagt hatte, nicht einverstanden gewesen sei. Sie erklärte es ihm, und er mußte zugeben, daß sie da wirklich einen wunden Punkt erwischt habe. Denn tatsächlich hatte ihm gerade gefallen, daß nicht so getan wurde, als sei der Tod ein Anlaß zur Freude, wie er es schon oft bei Beerdigungen erlebt hatte, bei denen die Prediger immer von *Heimgegangenen* oder *Heimgerufenen* gesprochen hatten. Ein Wind kam auf, einige der Trauergäste mußten ihre Hüte festhalten. Klaus und Renate verabschiedeten sich bald darauf von den anderen, die noch in eine Gaststätte in der Nähe gingen. Die beiden fuhren stattdessen zu Renates Wohnung, die auch nicht weit von dem Friedhof entfernt war. Früher waren dort die Amerikaner untergebracht gewesen, in den ehemaligen Wohnungen der Offiziere hatte man den Parkettboden gelassen. Klaus, der das erste Mal in ihrer Wohnung war, betrachtete aufmerksam die Bilder an der Wand. Auf einem war wahrscheinlich Renate als kleines Mädchen abgebildet, wie sie einem großen Steinnashorn an den Schwanz faßte. Klaus grinste, hast du noch mehr Kinderfotos? fragte er, du warst ja damals schon so hübsch wie heute. Renate nickte und ging in das andere Zimmer. Als sie wiederkam, hatte sie zwei Schuhkartons unter den Armen, sind alle nicht sortiert, sagte sie entschuldigend, vielleicht sollte ich mir mal ein richtiges Album kaufen. Sie setzte sich neben Klaus vor das Sofa und öffnete den ersten Karton. Es dauerte zwei Stunden, bis sie schließlich mit allen Fotos und den jeweils dazugehörigen Erklärungen und Geschichten durch waren. Zwischendurch holte Klaus ihnen etwas zu trinken aus der Küche, dann klingelte einmal das Telefon, und Renate führte ein kurzes Gespräch. Eines der letzten Bilder zeigte Renate als Teenager, in einer Schlange vor dem Museum für Ostasiatische Kunst. War das die Ausstellung mit den Terracotta-Kriegern? fragte Klaus, da war ich damals auch. Ich wollte mal Archäologin werden, gestand Renate. Wer wollte das nicht? gab Klaus zurück und schaute sich das Bild noch einmal genauer an. Auf einmal fing er an zu lachen. Er reichte Renate das Bild und zeigte auf einen Jungen in der Schlange, gleich hinter Renate. Das bin ich, sagte er. Nein, sagte Renate. Draußen begann es zu stürmen, dann klingelte schon wieder das Telefon. Von der Hauptstraße aus konnte man durch Renates Wohnung, die auf beiden Seiten große Fenster hatte, beinahe ganz hindurchsehen. Die ersten Kinder erschienen unter den Bäumen und sammelten die Äste auf, die der Sturm ausgerissen hatte.

1993

HIJOKAIDAN Sound Of Bay Area

Sein Schiff hatte in Hamburg angelegt, und Ren, der noch nie zuvor in seinem Leben in Deutschland gewesen war, nutzte die Gelegenheit, um in einem günstigen Augenblick für immer von Bord zu gehen. Er hatte nicht viel von Deutschland gehört, aber es sollte den Menschen dort besser gehen als in China, und das zu wissen reichte ihm. Es war Nacht, als er zum ersten Mal das Hafengelände verließ, nur einige wenige Habseligkeiten in seinem Seesack, den gesparten Sold im Gürtel eingenäht. Bei den Eisenbahnschienen hatte er eine undichte Stelle im Zaun des Freihafens entdeckt, dort zwängte er sich im richtigen Moment hindurch und umging so die Zollstation. Zu Fuß ging er eine Stunde in die Richtung, in der er die Innenstadt vermutete, niemand sprach ihn an oder schaute ihm auch nur hinterher, überhaupt waren nicht sehr viele Leute unterwegs. Das beruhigte ihn, er war sich nicht sicher, wie bald auf dem Schiff sein Fehlen bemerkt werden würde und was dann geschähe. Endlich sah er die Leuchtreklame eines Asien-Imbisses, die ersten vertrauten Schriftzeichen. Er betrat den kleinen Raum, in dem sich als einziger ein junger Asiate hinter der Theke aufhielt. Ren redete ihn auf Chinesisch an, der andere schüttelte den Kopf und entgegnete etwas auf Vietnamesisch, das Ren nicht verstand. Danach versuchte es der Junge auf Deutsch, doch Ren wiegelte schon ab und verließ den Laden. Draußen wußte er nicht, in welche Richtung er jetzt weitergehen sollte. Er überlegte kurz, noch einmal drinnen zu fragen, dann machte er sich nach links auf den Weg. Langsam wurden nun die Straßen belebter, lauter. Ein weiterer Asiate erschien auf der anderen Straßenseite, Ren rief ihm etwas zu, der andere schien zu verstehen, da er den Kopf in Rens Richtung drehte, doch wandte er sich sofort wieder um und ging seinen Weg weiter. Ren rief noch ein zweites Mal, aber jetzt zeigte der andere gar keine Reaktion mehr. Zum ersten Mal, seitdem er den Entschluß gefaßt hatte, von Bord zu gehen, spürte Ren, wie er Angst bekam, Angst, in diesem fremden Land wirklich allein zu sein, keinen einzigen Menschen zu haben, mit dem er sprechen konnte, der ihm in irgendeiner Weise half. Er stellte den Seesack ab und ruhte sich einen Moment aus. Im Kopf überschlug er, wie lange sein Geld reichen würde, zumindest nach chinesischen Verhältnissen, er wußte ja nicht, wie teuer hier alles war. Ein Polizist kam vorbei, der ihn aufmerksam musterte, aber nichts sagte. Und was war überhaupt sein rechtlicher Status? Ihm fiel ein, daß er ja auch einfach wieder nach Hause geschickt werden konnte, und was würde dann in China mit ihm geschehen? Um sich nicht weiter solchen Gedanken hinzugeben, schulterte er den Seesack wieder und setzte seinen Weg fort. Offenbar näherte er sich dem Rotlichtbezirk, immer mehr Bars und zwielichtige Clubs erschienen zu beiden Seiten der Straße. Häufig waren die Männer, die ihm entgegenkamen, mehr oder weniger stark alkoholisiert, einer übergab sich gegen einen Laternenpfahl. Ren zögerte weiterzugehen. Einerseits waren hier mehr Menschen unterwegs, die Chance somit größer, jemanden zu treffen, der ihm helfen konnte, andererseits konnte er auch leicht in zwielichtige Gesellschaft kommen, am Ende noch in einen Streit geraten. Hier und dort waren zwei oder drei Männer in lautstarke Auseinandersetzungen verwickelt, die Türsteher vor einigen der Clubs sahen nicht ungefährlich aus. Ren spürte nur zu gut, daß er hier ein Fremder war. Zwar hatte es solche Straßen in allen Hafenstädten gegeben, in denen er bisher gewesen war, aber stets hatten sie ihn eher abgeschreckt als angezogen, im Gegensatz zu vielen anderen Seeleuten, denen es nichts auszumachen schien, daß zu Hause eine Frau auf sie wartete, sobald sie erst einmal weit genug fort von ihr waren. Einige Meter vor ihm stand jetzt ein junger Mann, der an die Vorbeigehenden Zettel verteilte, wahrscheinlich Werbung für eine der zahlreichen Shows. Als er Ren erblickte, ging kurz ein Lächeln über sein Gesicht, als kenne er ihn von irgendwoher. Ren war einen Moment irritiert, der andere sprach ihn an: Sumimasen ga, anatawa nihonjin desu ka? Ren schüttelte den Kopf, der Mann hielt ihn offenbar für einen Japaner. Jetzt fragte er: Nǐ shì bù shì zhōngguórén? Ren nickte mit dem Kopf, überrascht, ausgerechnet in dieser Situation auf Chinesisch angesprochen zu werden. Der andere nahm ihn zur Seite, nǐ haǒ, wǒ jiaò Daniel, sagte er. Auch Ren nannte seinen Namen und ließ sich von Daniel in ein Gespräch verwickeln. Die beiden standen am Rand des Bürgersteiges, Daniel hatte mit dem Verteilen der Zettel aufgehört und den verbleibenden Stapel in seine Manteltasche gesteckt. Bald schon war Ren an dem Punkt angelangt, daß er Daniel die Umstände seines Aufenthaltes schilderte, daß er niemanden kannte und noch nicht einmal wußte, wo er den Rest der Nacht verbringen sollte. Daniel bot ihm an, bei ihm zu übernachten, er habe zwar auch nur eine kleine Wohnung, aber Platz für eine weitere Person sei allemal da. Ren nahm das Angebot an, die Tatsache, Daniel ausgerechnet in diesem Viertel getroffen zu haben, minderte nicht sein Vertrauen in ihn, das von Anfang an, ohne daß er sich erklären konnte warum, dagewesen war. Vielleicht war es einfach nur der Klang der chinesischen Worte, die Daniel gebrauchte, vielleicht lag es aber auch an der Herzlichkeit, die er ausstrahlte. Ein anderer Mann in einer blauen Uniform kam vorbei, grüßte und wechselte einige Worte auf Deutsch mit Daniel, ging dann weiter. Daniel erklärte, der Mann sei ein älterer Bruder. Ren verstand nicht ganz, was er damit meinte, tatsächlich hatte er keinerlei Ähnlichkeit zwischen den beiden erkennen können. Daniel ging nicht weiter darauf ein, er wies zur anderen Straßenseite und erklärte, daß dort sein Wagen stehe. Die beiden gingen hinüber, Ren verstaute den Seesack im Kofferraum und setzte sich dann auf den Beifahrersitz. Daniel startete den Wagen, ihre Blicke kreuzten sich kurz, und erst jetzt fragte sich Ren, wie alt sein Fahrer wohl sein mochte. Er hatte nicht viel Erfahrung mit europäischen Gesichtern, trotzdem schätzte er Daniel auf höchstens Ende Zwanzig, gut zehn Jahre jünger als er selbst es war. Sie fuhren etwa fünfzehn Minuten durch die unbekannte Stadt, Ren versuchte sich die ungefähre Richtung einzuprägen, gab aber bald damit auf. Sie hielten vor einem dreigeschossigen Haus, das genauso aussah wie die Nachbarhäuser rechts und links. Daniel stieg aus und ging zum Eingang, dabei suchte er in seinen Taschen nach dem Schlüssel. Ren folgte ihm in zwei Metern Entfernung. Daniel hielt ihm die Tür auf und machte eine einladende Bewegung. Gemeinsam gingen sie die Treppen hoch in den zweiten Stock. Das Treppenhaus und die Flure waren sauber, aber kahl. Nirgendwo war eine Verzierung angebracht oder stand etwas vor einer Tür. Daniels Wohnung lag nahe beim Treppenhaus, sie bestand aus zwei kleinen Zimmern und einer schmalen Küche. Ren fragte, ob Daniel hier alleine wohne. Als Daniel bejahte, sagte ihm Ren, daß er selbst in Nanking in einer solchen Wohnung zusammen mit seiner ganzen Familie gewohnt habe. Daniel fragte, ob Ren ihnen gesagt habe, daß er hier in Deutschland bleiben wolle. Ren erklärte, sie wollten schon lange aus China weg, er mache nur den Anfang. Sobald es gehe, sollten seine Frau und Schwägerin nachkommen. Daniel nickte, dann wies er Ren den Weg zur Küche. Dort standen auf dem Tisch einige Paare Stäbchen in einem Glasbecher, Ren freute sich über diesen bekannten Anblick und fragte Daniel, ob er etwas trinken könne. Daniel setzte Wasser auf und bot Ren einen Stuhl an. Während sie ihren Tee tranken, überlegten sie, wie es nun mit Ren weitergehen solle. Daniel erklärte, daß er sich mit der rechtlichen Lage nicht auskenne, aber gerne mit Ren zu den entsprechenden Ämtern gehen wolle. Allerdings sei es wohl besser, noch einen richtigen Übersetzer hinzuziehen. Er kenne da einen älteren Chinesen, der ihnen sicher helfen könne. Hin und wieder fiel Daniel ein Wort oder eine bestimmte Wendung nicht ein, und er mußte das, was er sagen wollte, auf umständliche Art und Weise umschreiben. Ren verstand dann meist erst nach einiger Zeit, was gemeint war, so daß Daniel den Eindruck bekam, selbst seine Umschreibungen seien noch fehlerhaft oder zielten gar nicht auf den Kern des Gemeinten ab, sondern nur auf einen Nebenaspekt, eine weniger wichtige Bedeutung. Als sie den dritten Aufguß getrunken hatten, fragte Daniel seinen Gast, ob er schon einmal etwas von Jesus gehört habe. Ren nickte, seine Schwägerin, die jüngere Schwester seiner Frau, sei seit einigen Jahren Christin, er selbst und seine Frau aber nicht. Daniel schien sich über das Gehörte zu freuen, und Ren fielen die Zettel wieder ein, die Daniel auf der Straße verteilt hatte. Er erinnerte sich, daß auch Xin immer wieder solche kleinen Texte für ihn und seine Frau mitgebracht hatte, in denen von Jesus die Rede war. Noch bevor Ren ihn fragen konnte, sagte Daniel auch schon von sich aus, daß er ebenfalls an Jesus glaube. Von diesem Punkt an gestaltete sich das Gespräch etwas schwieriger als zuvor, Ren hatte solche Diskussionen oft genug mit seiner Schwägerin gehabt, ohne daß sie zu etwas geführt hatten. Schließlich fielen Daniel wieder seine Gastgeberpflichten ein, er meinte, Ren sei doch sicher sehr müde, und zeigte ihm das Badezimmer und seinen Schlafplatz, ein ausziehbares Sofa, das er jetzt für ihn fertigmachte. Dann wünschten sie sich eine gute Nacht, Ren bedankte sich noch einmal, Daniel verließ das Zimmer und schloß die Tür hinter sich. Ren hörte, wie er ins Badezimmer ging, die Wände waren nicht sehr dick, nach kurzer Zeit konnte er sogar Daniels Gurgelgeräusche hören. Er wartete, bis Daniel in das Schlafzimmer gegangen war, dann betrat er selber das Badezimmer. Als er sein Gesicht im Spiegel betrachtete, fiel ihm ein, daß er noch nicht einmal seine Zahnbürste eingepackt hatte, damit keiner der anderen auf dem Schiff Verdacht schöpfen konnte. Auf dem kleinen Brett über dem Waschbecken stand eine Zahnbürste aufrecht in einem Plastikbecher, eine andere lag daneben. Ren entschied sich für die letztere, die, wie er feststellte, trockene Bürsten hatte. Es war dies ein ganz nüchtern bedachter Entschluß, der überhaupt nichts mit der Tatsache zu tun hatte, daß er jetzt in Deutschland war. Hätte er in China bei einem Freund übernachtet, hätte er in derselben Situation ganz genauso gehandelt. Während er im Spiegel zusah, wie beim Zähneputzen mehr und mehr Schaum zwischen seinen Lippen hervortrat, hatte er zum ersten Mal, seitdem er das Schiff verlassen hatte, das Gefühl, es werde wirklich alles gut. Am nächsten Morgen machte Daniel zum Frühstück *xi-fan*, Ren nahm gleich zweimal nach und hörte aufmerksam zu, wie Daniel von sich erzählte. Er habe Linguistik studiert und sich dabei auf asiatische Sprachen spezialisiert, zur Zeit warte er darauf, einen Platz in einer Bibelschule zu bekommen, da er Missionar werden wolle. Inzwischen halte er sich mit Gelegenheitsarbeiten über Wasser. Ren wollte nicht schon wieder über

Glauben sprechen, und so stellte er lediglich einige Fragen zu Daniels Studium. Nach dem Frühstück erklärte Daniel, er wolle sich bei einem Freund informieren, der sich mit dem Asylrecht auskenne, da werde ja ständig etwas geändert, er selbst habe da keinen Überblick. Er rief diesen Freund an, konnte ihn aber nicht erreichen. Ren sagte, er wolle gerne noch einmal zum Hafen fahren. Daniel meinte, es könne vielleicht gefährlich werden, wenn ihn einer von seiner Mannschaft dort sehe, aber Ren versprach, nicht in die Nähe seines Schiffes zu gehen, er wolle sich nur noch einmal überzeugen, daß er das Richtige tat. Wǒ gēn nǐ qù, sagte Daniel und ging mit Ren zusammen in den Flur, wo sich beide Schuhe und Jacke anzogen. Sie fuhren mit dem Wagen an den Freihafen und gingen dort eine Stunde diesseits der Zollstationen spazieren. Daniel selbst war vorher noch nie dort gewesen, Ren erklärte ihm, wie die Container aus den Schiffen geladen und zum Teil direkt auf die wartenden Lastwagen gesetzt wurden. Daniel spürte, wie Ren nun doch ein wenig wehmütig wurde, er selbst fand die Atmosphäre allerdings nicht sehr anregend, es war wie überall, wo rund um die Uhr hart gearbeitet wurde, laut und schmutzig. Er fragte, was für eine Aufgabe Ren auf seinem Schiff gehabt hatte. Ren erklärte, daß sein Schiff beim letzten Aufenthalt in der Werft neue Maschinen bekommen hatte, die er bisher als einziger an Bord zu bedienen wußte. Daniel fragte überrascht nach, ob das bedeute, daß das Schiff ohne Ren überhaupt nicht wieder auslaufen könne. Ren nickte, wahrscheinlich würden sie jemanden aus China einfliegen lassen müssen. Daniel dachte immer noch, Ren mache nur Spaß, so unbeteiligt wie er davon sprach. Aber dann lachte Ren laut auf und sagte, daß sein Kapitän sicher noch lange an ihn denken werde. Etwa zwanzig Meter vor ihm kam, auf der anderen Seite des Zaunes, hinter einem Lagerhaus ein Chinese hervor. Sobald er Ren sah, zeigte er mit dem Finger auf ihn und begann laut zu schreien. Ren stieß Daniel an, gemeinsam liefen sie los. Sie rannten den Zaun entlang in Richtung des Autos, der Chinese folgte ihnen und rief noch zwei andere herbei, die ebenfalls hinter dem Lagerhaus gewesen sein mußten. Daniel war ein geübter Läufer, halb zog er Ren hinter sich her, der schon nach wenigen hundert Metern außer Atem war. Die Verfolgergruppe lag etwa fünfzig Meter hinter ihnen, das pausenlose Geschrei verlangsamte sie etwas. Endlich kam der Wagen in Sicht, Daniel holte im Laufen die Schlüssel hervor und schloß zuerst die Fahrertür auf. Er sprang in den Wagen, öffnete die Verriegelung der Beifahrertür und startete schon, während Ren neben ihm zu sitzen kam. Die anderen waren jetzt nur noch wenige Meter entfernt, Daniel konnte ihre wütenden Gesichter sehen. Der Wagen sprang beim ersten Versuch an, Daniel fuhr rückwärts los und machte eine Wende, die er erst vor kurzem bei einem Sicherheitstraining des ADAC gelernt hatte. Die Chinesen waren stehengeblieben und schimpften hinter den Flüchtenden her. Das war knapp, sagte Daniel auf Deutsch, während er sich außerhalb des Hafens in den normalen Stadtverkehr einordnete. Sie fuhren zurück zur Wohnung, Daniel versuchte es erneut bei seinem Bekannten, der nun zu Hause war. Sie machten einen Termin für den späten Nachmittag aus, Peter, der Bekannte, wollte inzwischen schon einmal die nötigen Gesetzestexte heraussuchen. Als Daniel und Ren dann bei ihm ankamen, hatte er bereits einen Plan gemacht, was in welcher Reihenfolge zu tun sei, welche Ämter aufgesucht werden müßten, und welche Anträge zu stellen seien. Peter stellte den Plan dar, als halte er ein Referat, er hatte sogar ein Diagramm angefertigt, das er Daniel und Ren abschließend vorlegte. Bis in den Abend hinein diskutierten sie die verschiedenen Punkte, wer was übernehmen könne. Erst sehr spät fiel ihnen auf, wie dunkel es im Zimmer schon war.

1995

SLAP HAPPY HUMPHREY Tatoeba Bokuga Shindara

Es gibt immer zwei Arten von Menschen, solche, die eine bestimmte Sache tun, und solche, die diese Sache nicht tun, Menschen, die sich ihren Traum erfüllen, und solche, die dies nicht tun. Als Kind, oder besser als Jugendlicher, hatte Jürgen davon geträumt, irgendwann einen eigenen Plattenladen zu haben; als es dann soweit war, starb am Tage der Geschäftseröffnung sein Vater. Es gibt immer zwei Arten von Zufällen, solche, die wir auch tatsächlich für Zufall halten, und solche, mit deren angeblicher Zufälligkeit wir uns nicht abfinden können, oder wollen. Seine Mutter sagte es ihm am Telefon, eigentlich hatten sie beide zu der Eröffnung kommen wollen, sie teilten nicht unbedingt seinen Musikgeschmack, aber waren stolz auf den unternehmerischen Ehrgeiz ihres Sohnes. Auf dem Weg zum Bus hatte ein Autofahrer eine rote Ampel übersehen, und Jürgens Vater, der den Wagen herankommen sah, hatte gerade noch genug Zeit, seine Frau aus der Fahrtlinie zu stoßen, er selbst wurde von dem viel zu spät bremsenden Fahrzeug frontal erfaßt und durch die Luft geschleudert. Es war, erzählte Jürgens Mutter später, als sei für einen Moment die Zeit angehalten worden, während er dort in der Luft hing, und fast glaubte ich, er würde im nächsten Moment nicht zu Boden fallen, sondern einfach dort hängenbleiben, oder vielleicht sogar noch weiter emporgehoben werden, am Ende einfach wegfliegen wie ein Schmetterling. Er war noch am Unfallort gestorben, ehe der Rettungswagen eintraf. Da stand Jürgen inmitten der neuen Regale mit den Platten und CDs, umringt von Freunden und Bekannten und sogar den ersten Kunden, und warf, ganz Punk, der er immer noch war, die Kasse auf den Boden, die zum ersten und einzigen Mal in ihrer kurzen Laufbahn einen hellen Klingelton erschallen ließ. Das Klingeln klang noch nach, als Jürgen schon aus der Tür heraus und auf die Straße gestürzt war, draußen nach einem Taxi Ausschau hielt und nicht auf die zwei Freunde achtete, die am schnellsten reagiert hatten, ihm gefolgt waren und in Erfahrung bringen wollten, was denn nur geschehen sei. Sie hielten ihn an den Armen fest und versuchten, ihre Gesichter in sein Blickfeld zu bringen, aber er schüttelte sie wieder ab, wand sich aus ihrem Griff heraus und setzte seine Jagd nach einem Taxi fort. Erneut erreichten sie ihn, zogen ihn zurück, während schon die ersten Passanten stehenblieben und erwogen, vielleicht die Polizei zu holen, und diesmal ließ seine Wehrhaftigkeit nach, er ließ die Arme kraftlos hängen, brach schließlich still zusammen. In den folgenden Tagen, die zu großen Teilen von organisatorischen Problemen bestimmt wurden, nahm er nach und nach wieder Haltung an, entwickelte eine erste leichte Routine in Gesprächen über die Sache, vollzog dann auch nach einer Woche die Eröffnung des Ladens, diesmal freilich ohne Feier, aber er hatte viel investiert, das Geschäft mußte nun beginnen, wenn er nicht noch weiter ins Minus rutschen wollte. Auch bei der Beerdigung war er der starke Sohn, der die aufgelöste Mutter stützte, mit ernstem Gesicht die Kondolenzbezeugungen entgegennahm und den Trauernden den Weg zur Gaststätte erklärte, in der dann alle Suppe aßen. Zum ersten Mal, nachdem er früher, bei anderen Beerdigungen, immer etwas Heuchlerisches darin gesehen hatte, verstand er an diesem Tag die Wichtigkeit dieser warmen Suppe, die das einzige Bindeglied darstellte zwischen dem Ort, von dem sie gerade kamen, der durch und durch ein Ort der Toten war, und dem Zuhause, zu dem ein jeder Gast schließlich zurückkehren würde, um mit seinem eigenen Leben genau dort fortzufahren, wo er es für einen kurzen Moment unterbrochen hatte. Jürgen fuhr zuerst mit seiner Mutter in die Wohnung über der Parfümerie, die seinem Vater gehört hatte, nach einer Stunde dann kehrte auch er nach Hause zurück, in sein Zimmer in der Straße, in der sich nun also sein Plattenladen befand. Und es war genau der Plattenladen, den er früher selbst am liebsten gemocht hatte, mit einer strengen Auswahl an Platten, ja überhaupt noch mit Platten, richtigen, aus schwarzem Vinyl gepreßten Fetischen, und ganz ohne all die Insignien des Kommerzes, wie sie einem in den Geschäften der großen Ketten entgegenschrien, die Pappaufsteller und *Tip der Woche*-Pfeile, die Merchandising-Stände und *Maxi Top Ten*. Aber wenn er jetzt morgens in den Laden kam, sah er plötzlich nur noch Namen wie *Suicidal Tendencies* oder *Dead Kennedys*, und er stellte sich die Musik dazu vor, wie oft er ein bestimmtes Stück schon gehört hatte, welche Erinnerungen damit verknüpft waren, und wann er es zuletzt zu Hause gespielt hatte, und immer häufiger jetzt fielen ihm die traurigen Anlässe ein, über die ihn dann die Musik hinweggetröstet hatte, nicht, daß er nicht auch in glücklichen Augenblicken glücklich zur Musik gewesen war, nur waren diese Situationen nun in seinen Erinnerungen an einen hinteren Platz gerutscht, von wo er sie nur mit viel Mühe wieder hervorholen konnte. Der Laden lief nur mäßig an, seine Freunde kamen immer wieder einmal vorbei und kauften auch gelegentlich etwas, aber neue Kunden blieben aus. Einmal kam ein Junge, vielleicht zwanzig, herein, schaute sich kurz um, schüttelte schließlich ungläubig den Kopf und sagte zu Jürgen: Hier kommt man sich ja vor wie in einem *time-warp*, warum machst du nicht gleich ein Museum auf? Jürgen verstand nicht, was damit gemeint sein sollte. Er blickte den Jungen an, der daraufhin lächelte, seine Baseballkappe zurechtrückte und den Laden verließ. Am Abend dieses Tages geschah es dann, daß Jürgen sich zum ersten Mal von einem Joint übergeben mußte. Er beschloß, endgültig damit aufzuhören. Er ging die Fernsehkanäle durch und landete bei einem Bericht über Nepal. Nach einer Viertelstunde schaltete er ganz aus und machte sich schon fertig fürs Bett, als das Telefon klingelte. Er nahm ab, und eine Frauenstimme fragte, ob er eine Freundin habe. Er verneinte, und die Frau fragte, ob sie vorbeikommen könne. Nein, sagte er, ohne überhaupt zu überlegen. Schade, sagte die Frau und legte auf. Am nächsten Morgen, nach einer Nacht voller wirrer Träume, spülte er seinen restlichen Vorrat an Gras die Toilette herunter. Es regnete. Sein Vater war jetzt genau einen Monat tot. Er fuhr zum Laden, schrieb ein Schild, auf dem *Zu Vermieten* und seine Telefonnummer standen, und hängte es an die Tür. Dann schloß er ab und fuhr weiter zu seiner Mutter. Sie aßen zusammen, es ging ihr soweit ganz gut, sie hatte einen Pächter für die Parfümerie gefunden, zweimal die Woche half sie selbst noch aus, aber mehr der Erinnerung wegen, da sie von der Lebensversicherung und der Pacht auch ohne eigene Arbeit sicher leben konnte. Sie fragte nach seinem Laden, er log und behauptete, es laufe sehr gut, er sei selbst überrascht von dem Erfolg und erwäge sogar schon eine Expansion. Eine so offensichtliche Lüge, dachte er, könne sie ihm schlecht vorwerfen, wenn sie nicht auch selber daran glauben wollte. Sie hörte aufmerksam seinen Plänen zu und sagte beim Abschied noch einmal, wie sehr sie sich für ihn freue, und daß sein Vater sicher stolz auf ihn gewesen wäre. Als nächstes fuhr er zu einem Baumarkt und kaufte einen Eimer weißer Farbe und eine Malrolle. Wieder zu Hause, deckte er die Möbel mit alten Laken ab und begann damit, die Wände zu streichen. Gegen Abend klingelte das Telefon. Er hoffte, vielleicht noch einmal die Frau vom vorherigen Abend in der Leitung zu haben, aber statt dessen hörte er eine unbekannte Männerstimme, die auf das Schild an der Ladentür Bezug nahm. Der Anrufer erklärte ihm, er sei sehr an dem Objekt interessiert, er wolle schon seit längerem in der Gegend einen Sex-Shop eröffnen, damit sei heutzutage wirklich noch Geld zu verdienen. Jürgen sagte, er werde darüber nachdenken und sich dann melden. Eigentlich war er sich jetzt schon sicher, daß ihm der Gedanke eines Sex-Shops in seinem Plattenladen nicht gefiel, doch der Höflichkeit halber wollte er noch ein, zwei Tage mit dem Rückruf warten. Bisher hatte er es mit allen Absagen so gehalten, gelegentlich sogar mit Zusagen. Er strich die Wände fertig und schrieb einem alten Freund in Hamburg einen längeren Brief. In den nächsten Tagen blieben weitere Anrufe wegen des Ladens aus, und langsam wurde er unsicher, ob er es sich überhaupt leisten konnte, dem Sex-Shop-Eröffner abzusagen. Es waren schon vier Tage vergangen, inzwischen befürchtete er schon, seinerseits erneut von ihm angerufen zu werden, als noch einmal der Junge mit der Baseballkappe, der sich so abfällig über ihn und den Laden geäußert hatte, vorbeikam. Er habe das Schild draußen gesehen, erklärte er, eigentlich sei es doch noch viel zu früh, um schon aufzugeben, man könne ja noch gar nicht absehen, ob nicht doch noch bessere Zeiten kämen, außerdem, hier machte er eine kurze Pause, könne man vielleicht die Auswahl der Platten ein bißchen umstellen. Er lächelte Jürgen erwartungsvoll an. Was meinst du damit? fragte Jürgen. Na ja, ist halt alles ein bißchen sehr nostalgisch. Nostalgisch? Ich meine, wer kauft so was denn heute noch. Dir muß es ja nicht gefallen. Zum Glück, ja. Aber selbst die Typen, denen das gefällt, die haben das Zeug doch schon längst alle. Das war allerdings ein Punkt, an den Jürgen noch nie gedacht hatte. Seine Idee mit dem Plattenladen stammte im Grunde noch aus der Zeit, als er als sechzehnjähriger Punk nie die gesuchten Platten in den Läden gefunden hatte, sondern immer auf lange Wartezeiten oder Freunde, die sie ihm aus England mitbrachten, angewiesen gewesen war. Damals hatte er sich vorgenommen, eines Tages einfach selbst einen Laden mit all den obskuren und schwer erhältlichen Platten zu führen, die ihn früher solche Anstrengungen gekostet hatten, die Punks nach ihm sollten es einmal einfacher haben. Aber vielleicht kamen auch gar nicht genug Punks nach, die Interesse an diesen Kostbarkeiten haben könnten, und die alten Freunde von früher waren entweder bürgerlich geworden oder besaßen eben schon eine sehr gute Sammlung. Ich meine, sagte der Junge gerade, dein Laden hier ist so überflüssig wie eine Reunion der Sex Pistols. Aber was vielleicht eine Zukunft hätte, ist ein Laden mit guten House-Maxis. Jürgen mußte bei diesem Wort sofort an die schrecklichen Sachen denken, die er manchmal im Radio hörte oder aus wummernden Autos an der Ampel, doch betonte der Junge, daß er gerade das nicht meine. Sie redeten noch eine ganze Weile länger, und am Ende versprach der Junge, sein Name war Sven, Jürgen am nächsten Tag ein Mix-Tape vorbeizubringen, damit er sich selbst ein Urteil bilden könne. Am Abend erhielt Jürgen einen Anruf von seinem Freund aus Hamburg, der ihn als Antwort auf seinen Brief einlud, ein paar Tage zu ihm zu Besuch zu kommen. Jürgen willigte ein, und sie verabredeten sich für das kommende Wochenende. Dann rief Jürgen den Mann mit dem Sex-Shop an und sagte, er werde seinen Laden nicht für jemanden hergeben, der nur an die schnelle Mark denke. Der Mann blieb ganz ruhig und sagte lediglich, daß Jürgen ihn jederzeit noch einmal anrufen könne, falls er es sich doch noch anders überlegen sollte. Am Tag darauf buchte Jürgen eine Fahrt nach Hamburg bei der Mitfahrzentrale und wartete im Laden auf Sven, der jedoch nicht erschien. Auch am nächsten Tag kam er nicht, erst am Abend des Tages vor Jürgens Fahrt nach Hamburg. Er entschuldigte sich mehrmals für die Verspätung, ohne aber einen genauen Grund dafür anzugeben, schließlich hielt er Jürgen eine Kassette hin und erklärte, das Warten habe sich auf jeden Fall gelohnt. Ruf mich an, wenn du es dir überlegt hast, sagte er zum Abschied und gab Jürgen eine Karte von sich. Auf der Karte waren sein Name und seine Adresse, auf der Rückseite war eine Art unleserliche Signatur gedruckt. Das ist mein *tag*, erklärte Sven. Hören Sprayer nicht eher Rap? fragte Jürgen. Klischees, entgegnete Sven und zuckte mit den Schultern, alles Klischees. Dann war er aus der Tür. Am Abend wollte Jürgen die Kassette hören, während er seine Sachen für den Ausflug nach Hamburg packte, doch ging plötzlich der Recorder nicht mehr. Jürgen ärgerte sich, aber das Gerät war einfach nicht in Gang zu kriegen. Er packte die Kassette mit in seine rote Sporttasche, vielleicht würde sich unterwegs eine Gelegenheit ergeben. Tatsächlich bot er während der Fahrt einmal seine Kassette an, aber die Fahrerin, die eigentlich gar nicht die ausgemachte, sondern eine Ersatzfahrerin war, wollte lieber ihre eigene Musik immer und immer wieder hören. Als sie nachmittags in Hamburg ankamen, regnete es, und Jürgen, der keinen Schirm dabeihatte, nahm sich kurzerhand ein Taxi zur Wohnung seines Freundes. Tut mir leid mit deinem Vater, sagte dieser zur Begrüßung, und sie umarmten sich kurz. Magst du Lamm? fragte er beim Gang in die Küche, ich wollte schon immer dieses Rezept ausprobieren, und heute schien mir eine gute Gelegenheit zu sein. Jürgen nickte und wies auf den Radiorecorder, der auf dem Fensterbrett stand: Kann ich eine Kassette einlegen? Hörst du immer noch diesen Krach? fragte der Freund grinsend zurück, aber bitte, fühl dich wie zu Hause. Wenn es mir zuviel wird, fügte er hinzu, sage ich Bescheid. Jürgen machte den Recorder an und schaute dann zu, wie sein Freund sich um das Essen kümmerte. Das erste Stück begann mit synthetischem Händeklatschen und einem Stimmsample, dann kamen ein Orgelmotiv und der Beat dazu, später sang eine Frau: I can't get no sleep. Das ist gut, meinte der Freund anerkennend und gab das Fleisch in die Pfanne, in der es sofort zu zischen und zu brutzeln begann.

1993

MERZBOW Moon Over The Bwana A

Jemand hatte ihre Nummer gewählt, der aber eigentlich eine andere Nummer hatte wählen wollen, und nachdem Nadja diesen Irrtum erklärt hatte, konnte sie nicht wieder einschlafen. Es war halb sieben Uhr morgens, ein Dienstag. Um neun hatte sie einen Termin beim Zahnarzt, eigentlich hatte sie erst um acht aufstehen wollen. So aber duschte sie lange, kaufte frische Brötchen beim Bäcker und frühstückte ausführlich. Sie ging gerne zum Zahnarzt, hatte auch vor komplizierteren Eingriffen keine Angst, sie vertraute ihrer Ärztin, die ihr jeden einzelnen Schritt vorher erklärte und auch kritische Fragen offen beantwortete. An diesem Morgen sollte Nadja eine Füllung im linken Unterkiefer bekommen, ihre insgesamt dritte. Pünktlich meldete sie sich bei der Sprechstundenhilfe an, die sie bat, noch kurz im Wartezimmer Platz zu nehmen. Die Zeitschriften waren immer aktuell, Nadja blätterte den *Spiegel* durch, den sie sich sonst nie gekauft hätte. Dann wurde sie aufgerufen und von der Arzthelferin ins Behandlungszimmer geführt. Sie setzte sich auf den Behandlungsstuhl, die Helferin rückte ihr die Nackenstütze zurecht und legte ihr den Einweglatz um. Die Ärztin erschien, die beiden Frauen unterhielten sich kurz, dann zog die Ärztin die Spritze auf und erklärte Nadja, daß man im Unterkiefer keine einzelnen Zähne betäuben könne, sondern nur den ganzen Nervenkanal. Nadja nickte dazu, so sei das dann wohl. Die Spritze tat einen ganz kurzen Moment weh, dann spürte Nadja, wie die Flüssigkeit des Anästhetikums in ihr Kiefergelenk gedrückt wurde. Die Ärztin verließ den Raum, die Wirkung der Betäubung würde nach etwa fünf Minuten beginnen. Mit geschlossenem Mund wartete Nadja ihre Rückkehr ab. Als sie dann versuchte, den Mund wieder zu öffnen, war es, als bräche ihr Kiefergelenk entzwei. Es kam ihr vor, als sei der Mund nur mit äußerster Gewalt wieder zu öffnen, beinahe hätte sie ihre Hände zu Hilfe genommen. Alles in Ordnung? fragte die Ärztin, die Nadjas erschrockenen Gesichtsausdruck bemerkt hatte. Nadja nickte und unterdrückte den Schmerz, der von ihrem Kraftakt herrührte. Vom Rest der Behandlung bekam sie kaum noch etwas mit, ihr Kiefergelenk beanspruchte ihre ganze Aufmerksamkeit. Als die Arzthelferin einmal den Sauger in die richtige Position bringen wollte, griff auch Nadja kurz an den Mund, die beiden Hände stießen gegeneinander, der Sauger fiel zu Boden. Liegen lassen! rief die Ärztin, als die Helferin sich nach dem Sauger bückte. Plötzlich waren alle sehr aufgeregt, die Ärztin wies die Helferin mit strenger Stimme an, den Sauger mit den Füßen einfach wegzuschieben, außerdem solle sie sicherheitshalber die Hände desinfizieren und neue Handschuhe anziehen. Nur langsam wich die Spannung wieder, bis schließlich die Behandlung beendet war. Mit der Füllung könne sie zwar schon jetzt wieder kauen, aber wegen der Betäubung solle Nadja erst in drei Stunden wieder etwas essen, damit sie sich nicht auf die noch taube Zunge beiße. Nadja versuchte, die Ärztin nach dem Kiefergelenk zu fragen, aber tatsächlich konnte sie Mund und Zunge nur sehr eingeschränkt kontrollieren. Trotzdem verstand die Ärztin das Problem und erklärte Nadja, daß dies an der Flüssigkeit liege, für die im Gelenk ja eigentlich kein Platz vorgesehen sei, das nächste Mal könne sie vielleicht versuchen, direkt nach der Spritze den Mund mehr zu bewegen, damit die Flüssigkeit sich besser verteilen könne. Damit wurde Nadja entlassen, an der Anmeldung machte sie noch einen neuen Termin aus, dann war sie unten auf der Straße. Sie wollte einige Einkäufe machen und ging zu Fuß in Richtung der Altstadt. Als sie am Rathausplatz vorbeikam, waren dort an einer Stelle zahlreiche Passanten versammelt, die wohl einem Straßenkünstler zuschauten. Sie wandte ihren Kopf nach links, den Blicken der anderen folgend, aber da war niemand. Die Zuschauer lachten, sie schaute wieder zu ihnen hin, wieder Lachen. Jetzt blieb Nadja stehen und bemerkte, daß die anderen tatsächlich sie anschauten, oder eher: jemanden hinter ihr. Abrupt wandte sie sich um und blickte in das grinsende Gesicht eines Straßenclowns. Wieder ging ein Lachen durch die Menge, Nadja wußte nicht, ob sie verärgert oder amüsiert sein sollte. Der Clown hielt ihr eine Plastikblume entgegen, aus der ihr ein Strahl Wasser ins Gesicht schoß, sehr zur Erheiterung des Publikums. Nadja lächelte gezwungen und setzte ihren Weg fort. Jetzt hörte sie die Schritte des Clowns, der ihr folgte. Sie beschleunigte ihren Schritt, der Clown pfiff mit einer Trillerpfeife. Erneut drehte sie sich zu ihm um, langsam doch ärgerlich werdend. Der Clown blies einen Luftballon auf, den er dann zu einer Blume bog und knotete. Jetzt spielte er wieder den Schüchternen, hielt Nadja die Blume mit verschämt abgewandtem Gesicht entgegen. Nadja nahm sie an, der Clown machte einen verzückten Luftsprung, dann hatte er ein anderes Opfer bemerkt und ging mit schnellen Schritten auf einen alten Mann mit einem Kinderwagen los. Nadja machte mit ihren Erledigungen weiter, sie wollte sich ein Paar Schuhe kaufen, gewissermaßen als Trost für ihren Kieferschmerz. Sie ging von einem Geschäft zum anderen, jedesmal kam sofort eine Verkäuferin auf sie zu, mit der sie sich in ihrem momentanen Zustand nur schwer verständigen konnte. Also ging sie lieber alleine die Regale ab und suchte nach einem passenden Modell, fand aber nirgendwo eines. Schließlich ging sie zurück zum Rathausplatz, vorsorglich auf der anderen Seite, und nahm eine Tram zum anderen Rheinufer. Sie kannte dort eine gut sortierte Buchhandlung, vielleicht genügte ja ein interessanter Roman als Wiedergutmachung. Aber auch in der Buchhandlung fand sie nichts; schließlich bekam sie langsam Hunger. Noch waren die drei Stunden nicht um, die ihr die Ärztin genannt hatte, und so kehrte sie um ans Rheinufer und klingelte nach einer Fähre. Diese Fähren, die jeweils etwa in der Mitte zwischen zwei Brücken auf dem Rhein hin- und herpendelten, hatten ihr von Anfang an besonders gefallen. Sie war vor nicht ganz zwei Jahren nach Basel gezogen, nachdem sie an der Universität in Konstanz, wo sie bis dahin gewohnt hatte, in einen Vorfall verwickelt gewesen war, der dazu geführt hatte, daß der Dekan ihr einen Wechsel der Universität nahegelegt hatte. Nun machte sie ihren Abschluß also im Ausland, auch wenn es mit dem Bus nur wenige Minuten bis nach Deutschland waren. Bis auf ihre beste Freundin hatte sie keinen Kontakt mehr zu alten Bekannten in Konstanz, und auch in Basel hatte sie bislang nicht viele Menschen kennengelernt. Die Fähre legte an, sie stieg an Bord und setzte sich. Das kleine Boot lag tief im Wasser, die Wellen reichten bald bis an die Bordkante. Ungefähr in der Mitte des Flusses hielt der Fährmann an und sammelte das Geld ein, dann wurde die Fahrt fortgesetzt. Am anderen Ufer angekommen, stieg Nadja die Stufen zur Straße hoch und schaute auf ihre Uhr, noch zwanzig Minuten. Sie bewegte die Zunge und tastete mit den Fingern ihre Unterlippe ab, eigentlich schien die Betäubung schon jetzt aufgehoben zu sein. Nur ihr Kiefer schmerzte noch immer, sobald sie den Mund öffnete oder schloß. Trotzdem wollte sie jetzt essen! Sie ging zu einer Einkaufspassage in der Nähe, die in der erste Etage ein SB-Restaurant hatte, in dem sie hin und wieder aß. Im Eingangsbereich waren die Angebote des Tages auf einer Tafel notiert, Nadja entschied sich für das Menü mit den Kohlrouladen. Mit dem zugestellten Tablett suchte sie sich einen Platz in der Nichtraucherecke und begann ihre Mahlzeit. Nach der Suppe kam ein junger Asiate mit seinem Tablett an ihren Tisch und fragte in akzentfreiem Deutsch, ob noch ein Platz frei sei. Nadja nickte, der andere setzte sich und fing an zu essen. Er vertiefte sich dabei so sehr in sein Essen, daß Nadja, die zuerst gedacht hatte, auf die Frage nach dem freien Platz würde irgendeine blöde Anmache folgen, bald ihrerseits neugierig wurde und ihr Gegenüber genauer anschaute. Er war vielleicht Mitte Zwanzig, sie konnte das bei Asiaten nie so genau einschätzen, und sah eigentlich sehr gut aus. Sein Haar trug er etwas länger, wie häufig Asiaten auf Modefotos, und seine Augenbrauen waren sehr klar konturiert. Nadja wollte sich bei ihrer Betrachtung gerade seiner Nase zuwenden, als er aufblickte und ihr direkt in die Augen sah. Ist was? fragte er, nicht unbedingt unfreundlich. Nein nein, sagte Nadja, ich frage mich nur gerade, wo du wohl herkommst. Japan? Leipzig, sagte der Asiate und schob sich eine Gabel Kartoffeln in den Mund. Leipzig? wiederholte Nadja ungläubig. Jetzt lächelte der andere. Na ja, sagte er, geboren bin ich eigentlich in Berlin, aber seit einem Jahr lebe ich in Leipzig. Damit schien er über seine Herkunft alles gesagt zu haben, und so fragte ihn Nadja statt dessen, was er jetzt in Basel mache. Ich ziehe so herum, sagte er, hier und da ein bißchen Geld verdienen. Nadja kam ein schrecklicher Verdacht, du bist doch nicht etwa Straßenkünstler? fragte sie. Nein, sagte er, wie kommst du denn darauf? Ich unterrichte Taijiquan, und da laden mich manchmal Sportvereine für Vorführungen ein. Ich heiße übrigens Kai. Nadja nannte ihren Namen und erzählte von ihrer Begegnung mit dem Clown. Beim Reden tat ihr Kiefer wieder mehr weh, so daß sie im Laufe des Gespräches den Mund nach und nach immer weniger öffnete, bis schließlich Kai sie fragte, ob mit ihr alles in Ordnung sei. Nadja nickte und sagte nur: Zahnarzt. Oh, machte Kai, verstehe. Einen Moment schwiegen beide, dann legte Kai sein Besteck auf den leergegessenen Teller und stand auf. Also dann, sagte er, war nett, mit dir zu reden. Gute Besserung. Nadja schüttelte den Kopf, so habe sie das nicht gemeint, er könne ruhig noch etwas bleiben, auch wenn sie im Moment nicht soviel sagen könne. Kai lächelte und nahm das Tablett vom Tisch. Ich muß gehen, sagte er, vielleicht ein anderes Mal. Damit drehte er sich um und ging. Nadja schaute ihm hinterher, sie konnte nicht glauben, daß er einfach so verschwinden sollte. Für einen Moment verspürte sie den Impuls, ihm zu folgen oder hinterherzurufen, aber das schien ihr doch zu pathetisch. Sie sah zu, wie er sein Tablett an der Rückgabe abstellte und durch den Ausgang hinausging, ohne sich noch einmal umzudrehen. Eine Minute saß sie ohne eine Bewegung, fassungslos. Dann kam der Schmerz in ihrem Kiefergelenk wieder. Sie stand auf und verließ das Restaurant, ihr Tablett ließ sie auf dem Tisch stehen. Eilig lief sie die Treppe nach unten und auf die Straße, nahm die nächste Tram nach Hause. Dort suchte sie ihr Telefonbuch hervor und suchte die Nummern aller Sportvereine heraus, die sie finden konnte. Die ersten fünf wußten von keiner Taijiquan-Veranstaltung, der sechste aber konnte ihr sagen, daß sie gerade einen Tag zu spät anriefe, am Vorabend habe es bei ihnen eine Vorführung mit einem Gastlehrer gegeben. Tja, sagte Nadja, Sie können mir nicht vielleicht sagen, wie ich diesen Gastlehrer erreichen kann? Einen Augenblick, sagte ihr Gesprächspartner, da muß ich mal nachschauen. Nadja suchte etwas zu schreiben und notierte Adresse und Telefonnummer, die der Mann ihr nannte, beide in Leipzig. Sie bedankte sich und legte auf. Der Zettel lag vor ihr auf dem Schreibtisch wie ein Fetisch. So ein Unsinn, sagte sie laut, was mache ich hier eigentlich? Auf keinen Fall würde sie Kai nach Leipzig hinterhertelefonieren oder -schreiben, sie machte sich ja lächerlich. Sie legte den Zettel zu einem Stapel anderer Papiere in die Ablage und stand auf. Nicht einmal die Schuhe hatte sie sich ausgezogen, sie benahm sich wirklich wie ein Schulmädchen. Der Nachmittag hatte gerade begonnen, sie hatte nichts weiteres vor, und so setzte sie sich zur Ablenkung in ihren Sessel und las in dem Buch weiter, das sie vor kurzem begonnen hatte. Es war ein nicht sehr anspruchsvoller Science-fiction-Roman, der aber ziemlich komisch war. Schauplatz war eine menschliche Kolonie auf einem Planeten am Rande des bekannten Universums, der Held war ein Ingenieur, der dort ein Jahr lang arbeiten mußte, weil er während seines Studiums ein bestimmtes Stipendium erhalten hatte, das eben an so ein freiwilliges Jahr gebunden war. Die meiste Zeit hatte er mit defekten Droiden zu tun, die Kolonisten selbst hatten allerdings auch ihre schwierigen Seiten. In dem Kapitel, das sie an diesem Tag las, gastierte ein Raumzirkus auf dem Planeten, was Nadja sofort wieder an den Clown denken ließ. Überhaupt fühlte sie sich manchmal wie dieser Ingenieur im Exil; wie er hoffte sie dann auf eine baldige Rückkehr in zentralere Regionen der Welt. Über der Lektüre vergaß sie für eine Weile ihren Kieferschmerz, der sich aber bald wieder bemerkbar machte. Auch an Kai mußte sie immer wieder denken, doch ärgerte sie sich jedes Mal erneut darüber, daß er ihr nicht aus dem Kopf ging. Schließlich rief sie abends Alissa an, ihre beste Freundin aus Konstanz. Die riet ihr natürlich, ihn so schnell wie möglich zu vergessen, solche wie er legten es mit ihrem Verhalten genau darauf an, eine beim Stolz zu kriegen, da müsse sie einfach drüber stehen. Nadja sagte, das wisse sie selber, ob sie nicht einen etwas praktischeren Ratschlag habe? Na gut, sagte Alissa, wenn du unbedingt willst, kannst du mich ja am Samstag besuchen kommen, und wir gehen zusammen zu dieser Vorführung. Was? Dieser Kai macht als nächstes hier Station, ich habe heute ein Plakat in der Stadt gesehen. Nein, sagte Nadja, das kann ja wohl kein Zufall sein. Keine Ahnung, meinte Alissa, du kommst also am Samstag? Nadja zögerte. Nein, sagte sie, das ist ja albern. Wie du meinst, widersprach Alissa nicht, wenn du es dir noch anders überlegst, kannst du mich ja noch mal anrufen. Sie verabschiedeten sich, Nadja legte auf und ging auf die Toilette. Dort betrachtete sie lange ihr Gesicht in dem großen Badezimmerspiegel. Dabei sagte sie immer abwechselnd *ja ja ja* und *nein nein nein*, bis sie es schließlich leid wurde. Sie schlief gut in dieser Nacht, auch in den folgenden Nächten, der Kieferschmerz war nach einer Woche verschwunden, und nichts erinnerte mehr an ihn.

1995

KAHIMI KARIE Good Morning World

Es gibt Theorien, die behaupten, daß der technische Fortschritt immer auch eine Entwicklung in den Geisteswissenschaften bewirke, während andere der Meinung sind, daß es gerade umgekehrt sei. Das erste, was Anne an Haruki gefallen hatte, waren seine Ausführungen über die CD gewesen. Er hatte behauptet, mit der CD sei das Konzept der Seite, welches früher zum Beispiel für die sogenannten Konzeptalben ganz eminent wichtig gewesen sei, entfallen, und außerdem die Linearität insgesamt zerbrochen worden, da nun jeder Hörer selbst über die Reihenfolge der Stücke entscheiden oder sogar einer Shuffle-Funktion die Verantwortung überlassen könne. Dies wiederum, so Haruki, habe auch Auswirkungen auf die Art und Weise, wie heutzutage Musik produziert werde. Sie hatte ihn für eine Hörfunk-Sendung interviewt, er lebte seit einigen Jahren in Hamburg und arbeitete als DJ. Einige Zeit nach Ausstrahlung der Sendung traf sie ihn zufällig wieder. Sie hatte die Woche in Köln verbracht und sich schon auf den Samstag abend gefreut, den sie in Ruhe in ihrer Wohnung verbringen wollte. Doch dann kam alles ganz anders. Am Tag der Rückfahrt erhielt sie den Anruf einer Freundin, deren krankhaft eifersüchtiger Freund alle vier Reifen ihres Autos aufgeschlitzt hatte. Nun konnte sie nicht nach Hamburg, und nicht nur sie, sondern auch zwei Mitfahrer, die sie Anne bat, mitzunehmen. Anne willigte ein, und so fuhr sie am Nachmittag nicht wie geplant allein, sondern mit zwei jungen Männern, einem Punk und einem Studenten. Wie sich herausstellte, interessierte sich der Student, Arnd war sein Name, für japanische Musik, genau wie sie neuerdings. Er versprach, ihr eine Kassette aufzunehmen, sie tauschten Telefonnummern aus. Anne fand ihn ganz nett, aber alles in allem doch etwas sehr unscheinbar, außerdem schien er leichte Hörprobleme zu haben. Sie kamen später als vorgesehen in Hamburg an, Anne setzte die beiden am Bahnhof ab und fuhr dann zu ihrer Wohnung. Ein Fax ihres Redakteurs war angekommen, mit der Einladung zu einer Ausstellungseröffnung, die sie auf keinen Fall versäumen solle. Die Galerie lag am anderen Ende der Stadt, Anne hatte eigentlich keine Lust, sich schon wieder ins Auto zu setzen, aber der Redakteur hatte ihr eine Festanstellung in Aussicht gestellt, und so wollte sie es sich lieber nicht mit ihm verscherzen. Also duschte sie nur kurz, suchte eine schwarze Kombination heraus, die sie bei dieser Gelegenheit zum ersten Mal tragen wollte, und machte sich auf den Weg. Als sie endlich den Hinterhof gefunden hatte, von dem aus man in den ehemaligen Bunker, der nun als Ausstellungsraum genutzt wurde, hinuntersteigen konnte, war es bereits nach zehn Uhr. Der Redakteur war noch da, wenn auch sonst nicht mehr viele Gäste, und begrüßte sie herzlich. Sie wurde dem Galeristen und dem Künstler vorgestellt, beide kamen ihr nicht sehr sympathisch vor, der Redakteur jedoch konnte kaum an sich halten vor Begeisterung. Die Kunst war gräßlich, zuletzt hatte sie so etwas in Berlin gesehen, kurz vor dem Mauerfall. Sie gab sich Mühe, ihre wahre Meinung hinter freundlichen Komplimenten für sich zu behalten, doch wandten sich sowohl der Galerist als auch der Künstler ihrerseits bald anderen Gesprächspartnern zu, die Abneigung schien auf Gegenseitigkeit zu beruhen. Der Redakteur gab ihr Zeichen, daß er zunächst bei den beiden bleiben müsse, und so stand Anne für mehrere Minuten allein in einem Seitenraum der Galerie, froh, endlich etwas ungestörte Zeit haben zu können. Dann betrat ein Mann den Raum, den sie überrascht als Haruki erkannte. Auch er erinnerte sich noch an sie, er lächelte und trat zu ihr. Nachdem sie festgestellt hatten, daß es ihnen beiden soweit gutging, erklärte er, daß der Künstler ein Freund eines Freundes sei, der ihn gebeten habe zu kommen, da er befürchtet hatte, es könnten zu wenig Gäste erscheinen. Ehe Anne etwas zu der Arbeit des Künstlers gesagt hatte, gestand Haruki ihr ganz freimütig, daß er nur wegen des Freundes hier sei, die Arbeiten finde er ganz fürchterlich. Anne sagte, ihr gehe es genauso, und erzählte von dem Redakteur. Als sie wieder in den Hauptraum gingen, war nur noch die Gruppe mit dem Redakteur, dem Galeristen und dem Künstler anwesend. Wir wollen noch etwas trinken gehen, wenn Sie Lust haben, begleiten Sie uns einfach, bot der Redakteur an. Anne guckte fragend zu Haruki, der höflich den Kopf schüttelte. Danke, sagte er, das ist nett, aber wir wollten noch etwas über ein zweites Musikfeature besprechen, nicht wahr? Dabei schaute er zu Anne herüber, die sich beeilte zu sagen: Ja, das stimmt, ich hätte Ihnen Montag davon erzählt, aber ich wollte erst die Recherchen abschließen. So, so, sagte der Redakteur nachdenklich, das klingt ja interessant. Also ich höre dann von Ihnen? Genau, sagte Anne, und danke noch einmal für die Einladung. Sie verabschiedeten sich und gingen hinauf auf den Hof. Ist das auch etwas, was ein Musiker heutzutage braucht, fuhr Anne zum Schein auf, Durchtriebenheit? Nein, sagte Haruki, aber Airplay. Früher nannte man das Ausverkauf, hielt Anne dagegen. Eins zu null für dich, schlichtete Haruki, wohin gehen wir jetzt? Eins zu null für dich, äffte Anne ihn nach, wieso kannst du eigentlich so gut Deutsch? Meine Tante ist mit einem Deutschen verheiratet, sagte Haruki, als habe er die Antwort auf diese Frage Wort für Wort auswendig gelernt, ich habe mir schon als Kind gewünscht, später in Deutschland zu leben, und deshalb auch schon in Japan angefangen, Deutsch zu lernen. Sollen wir noch was trinken gehen? Sie beschlossen, zum *Pudels* zu fahren. Haruki war mit der Bahn gekommen, jetzt fuhren sie beide zusammen in Annes Auto. Im *Pudels* war es, wie für einen Samstagabend nicht anders zu erwarten, ausgesprochen voll, und so gingen sie nach wenigen Minuten bereits wieder, da sie sich lieber in Ruhe unterhalten wollten. Haruki schlug vor, zu seiner Wohnung zu gehen, die ganz in der Nähe lag. Auf der Straße waren kaum weniger Leute als vorher in dem Lokal. Haruki wohnte im ersten Stock, sein Zimmer ging auf eine Nebenstraße, und doch hörte man auch bei geschlossenem Fenster die Geräusche der Wagen und Passanten auf der Hauptstraße. Anne schaute sich in dem quadratischen Raum um. Als erstes fielen ihr die nackten braunen Wände auf, von denen die Tapeten sicher in mehreren Schichten abgelöst worden waren. Dann war das Zimmer nur spärlich eingerichtet, ein Futon an der einen Seite, ein Schreibtisch und ein Zweisitzer aus den fünfziger Jahren an der gegenüberliegenden Wand, und schließlich eine Kleiderstange wie aus einem Kaufhaus an der Wand mit der Tür. In der Mitte des Raumes waren zwei Plattenspieler und eine Anlage aufgebaut, ringsum standen Plastikkisten mit Platten und CDs. Alles wirkte sehr aufgeräumt. Mach es dir bequem, sagte Haruki und wies auf den Zweisitzer, er selber verschwand im Flur. Anne ging entgegen dieser Aufforderung zunächst zum Schreibtisch, auf dem in zwei Stapeln Bücher und Zeitschriften lagen. Sie nahm das oberste Heft in die Hand, das *Neid* hieß und wohl irgendwie mit Kunst und Feminismus zu tun hatte. Sie blätterte es beiläufig durch, als Haruki mit zwei Flaschen Bier zurück ins Zimmer kam. Lächelnd reichte er ihr eine davon und fragte mit Blick auf das Heft: Interessiert dich das? Anne zuckte mit den Schultern, sagte aber nichts. Statt dessen nahm sie den Öffner aus Harukis Hand und löste den Kronkorken von ihrer Flasche. Haruki tat es ihr nach, dann stießen sie die Flaschen gegeneinander und nahmen die ersten Schlucke. Die fertige Sendung hat mir gut gefallen, begann Haruki ein anderes Thema. Freut mich, sagte Anne. Ich habe auch schon eine Idee für die Fortsetzung, verkündete Haruki. Eigentlich wollte ich heute nicht mehr über Arbeit sprechen, bog Anne ab. Na gut, willigte Haruki ein, worüber möchtest du denn sprechen? Ehrlich gesagt, fuhr Anne nach einem erneuten Schluck aus der Flasche fort, bin ich auf einmal ziemlich müde. Ich war den ganzen Tag unterwegs, heute morgen war ich noch in Köln. Willst du dich was hinlegen? fragte Haruki so neutral, daß Anne nicht wußte, ob er einfach nur höflich sein wollte oder tatsächlich völlig gleichgültig ihr gegenüber war. Danke, sagte sie, ja, vielleicht, wenn du nichts dagegen hast. Wenn du nichts dagegen hast, wenn ich mich zu dir lege, fragte Haruki zurück, ich habe nämlich nur diesen Futon. Okay, sagte Anne, zog sich Jacke und Schuhe aus und legte sich ohne Umschweife auf den Futon. Ich liege normalerweise mit dem Kopf in die andere Richtung, sagte Haruki, aber wie du willst. Oh, machte Anne und verzog das Gesicht, dann guckte sie Haruki an, und beide mußten sie lachen. Noch immer lachend ließ sich Haruki neben ihr auf dem Boden nieder und küßte sie. Sie erwiderte seinen Kuß, legte ihre Arme um seinen Rücken und zog ihn ganz auf den Futon. Auch wenn sie in dieser Nacht noch nicht zusammen schliefen, hatten sie am nächsten Morgen nicht das Gefühl, etwas verpaßt zu haben, eher im Gegenteil: Plötzlich war ihnen alles möglich geworden, der neue Tag lag offen da. Schon wurden langsam wieder die Geräusche der Straße lauter. Haruki stand auf und öffnete das Fenster. Er nahm seine Uhr vom

Schreibtisch, warf einen kurzen Blick darauf und begann sofort, sich hastig anzuziehen. Tut mir leid, sagte er, ich habe eine Verabredung mit einem Veranstalter, ich bin schon zu spät. Anne setzte sich auf, wann bist du zurück? fragte sie. Weiß nicht, antwortete Haruki, irgendwann heute nachmittag. Wenn du willst, kannst du hierbleiben. Hmm, machte Anne, mal sehen, ich habe auch noch was zu erledigen. Wie du willst, sagte Haruki und machte sich den zweiten Schuh zu, ich bin dann weg. Er beugte sich zu Anne hinab und drückte ihr einen Kuß auf die Stirn. Als Anne die Augen wieder öffnete, war er schon verschwunden. Sie stand auf und zog sich ebenfalls an. Vor dem Schreibtisch stehend, drehte sie sich unschlüssig mehrmals langsam im Kreis, dann wandte sie sich Harukis Anlage zu. Sie schaltete den Verstärker an und ließ die Platte anlaufen, die gerade auf einem der Plattenspieler auflag. Das Stück gefiel ihr, sie drehte lauter und guckte sich die anderen Platten an. Die meisten steckten einfach in weißen Hüllen, und Anne fragte sich, wie Haruki sie überhaupt alle auseinanderhalten konnte. Ein neues Stück begann, das Anne schnell zu hektisch wurde. Sie hielt den Spieler an und zögerte, ob sie selber eine andere Platte auflegen sollte, aber das Risiko war ihr zu groß, vielleicht Harukis Ordnung durcheinanderzubringen. Also schaltete sie die Anlage ganz aus und ging ins Badezimmer. Später fiel ihr ein, daß sie in der Redaktion vorbeischauen könnte, um noch einmal mit dem Redakteur zu sprechen. Es stellte sich heraus, daß dieser mit dem Künstler und dem Galeristen die Nacht durchgemacht hatte, die am frühen Morgen mit einem furchtbaren Streit zwischen jenen beiden geendet hatte, der Redakteur hatte versucht zu schlichten und dabei selbst einen Schlag ins Gesicht bekommen. Er hatte nun entsprechend schlechte Laune und erwähnte Anne gegenüber mit keinem

Wort die in Aussicht gestellte Festanstellung, sondern sprach sich vielmehr sogar ausdrücklich gegen eine zweite Sendung mit Haruki aus, obwohl Anne, die Stimmung des Redakteurs in Betracht ziehend, erst gar keinen Vorschlag in diese Richtung machte. Nach diesem Gespräch bekam auch Anne schlechte Laune, die sich bei ihr allerdings nicht in Aggression, sondern in Niedergeschlagenheit äußerte. Sie fuhr nach Hause, stellte planlos einige Möbel um und telefonierte mit Doris, der Freundin in Köln mit dem eifersüchtigen Freund. Sie hatte gerade aufgelegt, als das Telefon klingelte. Es war Haruki, der sie zum Essen einladen wollte, das Gespräch mit dem Veranstalter war sehr gut verlaufen, er hatte einen Vertrag für eine kleine Club-Tour in Österreich angeboten bekommen. Das ist ja klasse, sagte Anne mehr höflich als euphorisch. Was ist los? fragte Haruki zurück, hast du einen schlechten Tag gehabt? Sie erzählte es ihm beim Essen, er versuchte, ihr wieder Mut zu machen, was auch gelang. Die üble Laune des Redakteurs dauerte dann noch die ganze Woche an, bis er schließlich Anne am darauffolgenden Montag in sein Büro rief. Wissen Sie, begann er, während er Anne einen Platz anbot, Sie sind doch jetzt schon eine ganze Weile bei uns, und da dachte ich, wir müßten uns einmal unterhalten, wie es mit Ihnen eigentlich weitergehen soll ... Vom Büro aus fuhr Anne sofort zu Haruki, der gerade beim Essen war, als sie ankam. Sobald er ihr strahlendes Gesicht sah, sagte er ihr auf den Kopf zu, was passiert war. Sie nickte und schleuderte ihre Handtasche durch den Raum. Hast du einen Anzug? fragte sie. Als Haruki fertig angezogen war, fuhren sie zusammen zu Anne, damit diese sich dort ebenfalls in ihre beste Abendgarderobe kleiden konnte. Während sie zwischen Kleiderschrank und Bad pendelte, saß Haruki im Schneidersitz auf dem Sofa und sah sich die Fernsehzeitung an. Wenn dir langweilig ist, schlug Anne vor, kannst du dir mal diese Kassette da anschauen. Haruki schaute ihrem ausgestreckten Zeigefinger nach und nahm einen Umschlag von einer der beiden Lautsprecherboxen. Was ist damit? fragte er. Ich habe dir doch von dem Typen von der Mitfahrzentrale erzählt, der mir was aufnehmen wollte, erklärte Anne, ist heute gekommen. Ich habe noch nicht reingehört, aber du als Fachmann kannst mir ja sicher sagen, was davon zu halten ist. Haruki öffnete den Umschlag und holte eine Kassette heraus. Der Titel ist ja schon sehr originell, sagte er spöttisch, *Made in Japan*. Dann, ohne sich die Hülle noch einmal anzusehen, legte er die Kassette ein. Als das erste Stück anfing, mußte er lachen. Diese Deutschen, sagte er. Anne stellte sich vor den Flurspiegel und probierte verschiedene Ohrringe aus. Was ist denn? fragte sie. Das ist Sakamoto Ryuichi, erklärte Haruki, das verstehen Deutsche unter japanischer Musik. Die Stimme klingt wie David Bowie, meinte Anne. Eben, sagte Haruki, ich kann das nicht mehr hören. Er stand auf, nahm die Kassette heraus und hielt sie Anne hin. Aus musikalischer Sicht, erklärte er grinsend, muß ich dir von deinem Verehrer leider abraten. Schade, sagte Anne, eigentlich war er ganz süß. Mit einem Achselzucken nahm sie die Kassette in Empfang und warf sie in den Papierkorb. Ich bin fertig, sagte sie und strich ein letztes Mal die Falten in ihrem Kleid glatt.

1991

TENKO Moonlight Waltz

Man hatte ihm eine Assistentenstelle an der Universität Konstanz angeboten, und Anton, der sich gerne an die Sommer bei seiner Tante am Bodensee erinnerte, hatte nicht lange gezögert, seine Hamburger Wohnung aufgegeben und eine Wohnung in Konstanz mit Blick auf den See gemietet. Die Kollegen an der Universität waren ihm sympathisch, sein Aufgabenfeld entsprach seinen Neigungen, und wenn ihn Freunde aus Hamburg in der neuen Wohnung besuchten, bestätigten auch sie ihm, daß er sich in jeder Hinsicht verbessert hatte. Auch in das soziale Leben in Konstanz wurde er Schritt für Schritt eingeführt, über die Bekanntschaften an der Universität lernte er wiederum andere Menschen kennen; alle waren neugierig darauf, den neuen Dozenten zu treffen, er wurde zu Ausstellungseröffnungen und Parties eingeladen, zwischenzeitlich schien es ihm gar, er werde regelrecht herumgereicht. Doch freute er sich eher darüber, als daß es ihm unangenehm war, schließlich hatte er in Hamburg die oft etwas unterkühlte Art der Hanseaten nicht immer leicht gefunden. Freilich war er aus Gewohnheit noch immer auf der Hut, nicht in irgendeinem schwelenden Konflikt zwischen die Fronten zu geraten und für einen bestimmten Zweck mißbraucht zu werden, tatsächlich aber ließ sich für solche Absichten kein Hinweis finden. Es dauerte nicht lange, und Anton mußte beim morgendlichen Blick in den Spiegel zugeben, daß er schon seit langem nicht mehr so einen frischen, ausgeglichenen Eindruck gemacht hatte. Er war mit sich und seinem Leben zufrieden wie noch nie. Der Sommer kam, und mit ihm die zahlreichen Volksfeste und Feierlichkeiten, an denen nun auch Anton teilhaben konnte. Einer der Höhepunkte war, wie jedes Jahr, das Weinfest in Salem. Als Anton eines Morgens seine Einladung dazu im Briefkasten fand, erinnerte er sich daran, wie er vor über zwanzig Jahren mit seiner Tante, die damals ein Haus in Überlingen gehabt hatte, zum ersten Mal auf einem Weinfest gewesen war, eben dort in Salem. Damals hatte ihn die Atmosphäre begeistert, der Duft des Weines und des Essens, die Musik der Tanzdarbietungen, die Farben und Stoffe der traditionellen Kleider, diese ganze eigentümliche Mischung von Dörflichkeit und Eleganz. Überhaupt waren die Sommer, die er bei seiner Tante verbracht hatte, für ein Stadtkind wie ihn stets voller neuer Eindrücke gewesen, hier hatte er zum ersten Mal richtige Kühe gesehen und frisch gemähtes Gras gerochen, hier war er auch auf eine Idee verfallen, die ihm nun zum ersten Mal nach langer Zeit wieder ins Bewußtsein kam. Er, der sechsjährige Junge aus der Stadt, hatte sich damals in die Weinkönigin verliebt, er war sofort begeistert gewesen von der Aufmerksamkeit, die ihr jeder zukommen ließ, vielleicht war sie ihm vorgekommen wie die Prinzessin im Märchen, die für ihn bis dahin nur eine Figur in seiner Vorstellung gewesen war. Doch dann hatte sie auf der kleinen Bühne des Weinfestes in Fleisch und Blut vor ihm gestanden, und im Bruchteil einer Sekunde war ihm klargewesen: Er würde später einmal eine Weinkönigin heiraten. Dann aber war er nach Hamburg zurückgekehrt, in die Stadt, und nach und nach war die Erinnerung an diese Idee verblaßt, bis sie ihm jetzt, beim Lesen der Einladung, ganz unvermittelt wieder eingefallen war. Er mußte lächeln. Immerhin, dachte er, wollte er sich bei dem Fest die diesjährige Weinkönigin einmal etwas genauer anschauen. Er legte die Einladung auf seinen Schreibtisch und öffnete die restliche Post. Am nächsten Tag, er kam gerade vom Essen mit einem der Professoren, machte er auf dem Weg nach Hause noch einen kleinen Schaufensterbummel. Das Wetter war angenehm, nicht zu heiß, aber so warm, daß er sich mit Genugtuung die Hemdsärmel hochkrempeln konnte. Er kam am Schaufenster eines Herrenausstatters vorbei und warf einen Blick in die Auslage. Es gab ein Hemd im Angebot, das ihm recht gut gefiel. Er überlegte kurz, dann betrat er den Laden. Er kannte den Besitzer vom Sehen, er wohnte im selben Viertel wie er, und sofort verfielen sie in einen kurzen Schwatz, unter anderem über das bevorstehende Weinfest. Dieses Jahr, versprach der Ausstatter, wird es ein ganz besonderes Fest werden; meine Tochter ist die neue Weinkönigin. Dabei zwinkerte er Anton freundlich zu. Tatsächlich, sagte Anton unschlüssig, nun, da sind Sie sicher sehr stolz, nicht wahr? Der Vater nickte und holte sein Portemonnaie hervor, aus dem er umständlich ein Foto heraussuchte. Ist sie nicht ein Prachtstück? wollte er wissen. Anton, der den Ausdruck *Prachtstück* in diesem Moment zum ersten Mal auf einen Menschen bezogen hörte, schaute sich mit höflichem Interesse das Foto an. Die Frau auf dem Foto sah sympathisch aus, sie war wohl Anfang Zwanzig, hatte dunkles, gelocktes Haar und einen offenen Blick. Doch, sie würde als Weinkönigin sicher eine gute Figur machen, dachte Anton und sagte es auch dem stolzen Vater vor ihm. Als Anton sich schließlich zum Kauf des Hemdes entschlossen hatte, bekam er auf den Preis zehn Prozent Rabatt. Wir sehen uns auf dem Weinfest, rief ihm der Mann hinterher, als hätten sie sich für dort verabredet. Die nächsten Tage nahmen ihren gewohnten Lauf, Anton war mit anderen Dingen beschäftigt, doch am Vorabend des Festes stellte er fest, daß er auf nicht unangenehme Weise aufgeregt war. Er hatte sich einige Unterlagen aus der Universität mit nach Hause genommen, die bis zum Montag fertig sein mußten. Als er nun am Samstag abend darüber saß, konnte er sich nicht richtig konzentrieren. Das Gefühl der Unruhe, das ihn ergriffen hatte, erinnerte ihn an seine Zeit als Schüler, als er seine erste Verabredung mit einem Mädchen aus der Parallelklasse gehabt hatte. Teils genoß er es, sich diesem Gefühl mit einem Anflug von Nostalgie, der neu für ihn war, hinzugeben, teils ärgerte er sich darüber, daß er mit seiner Arbeit nicht fertig wurde. Schließlich stand er von seinem Schreibtisch auf und beschloß, die Sachen bis zum nächsten Abend ruhen zu lassen. Er hatte ohnehin nicht vor, länger als bis sechs Uhr auf dem Fest zu bleiben, danach würde er dann noch die ganze Nacht Zeit haben. Er hatte am Montag keine Veranstaltung, er mußte nur die Unterlagen abgeben, und dies konnte er auch in unausgeschlafenem Zustand. Er schaute noch etwas Fernsehen, dann ging er früh schlafen. Am nächsten Morgen wachte er mit einem verspannten Nacken auf, der Tag nahm keinen guten Anfang. Er frühstückte, duschte, zog sich an, vertrödelte den Mittag und brach dann gegen drei Uhr in Richtung Salem auf. Das Weinfest fand auf dem Gelände des Schlosses statt, dort, wo sich auch das berühmte Internat befand. Es standen schon viele Wagen geparkt, das Fest war bereits in vollem Gange. Und es war tatsächlich alles wie in seiner Erinnerung. Die kleine, mit Grün geschmückte Bühne, auf der gerade eine Blaskapelle spielte, davor die einfachen Holzbänke und -tische, und daneben, einen zweiten Mittelpunkt bildend, der Weinstand. Darum, wie in einem zweiten Ring, verschiedene Stände mit Bratwürsten, Brezeln oder Champignons. Eine Zeitlang betrachtete sich Anton die Szenerie noch von außen, dann ließ seine innere Distanz nach, und er mischte sich unter die Feiernden. Hier und da grüßte er nickend ein bekanntes Gesicht, doch fand er niemanden, mit dem er ein Gespräch hätte anfangen wollen, so daß er erst einmal eine Bratwurst aß. Er blieb direkt neben dem Stand stehen und schaute hinüber zur Bühne, auf der inzwischen der örtliche Trachtenverein seine Darbietung begonnen hatte, die Anton Anlaß zum Lächeln gab. Die Wurst schmeckte sehr gut, aber machte durstig, und bald schon hatte Anton sein zweites Glas Wein in der Hand. Es gab in Salem einen eigenen Wein, und obwohl Anton sich eigentlich nichts aus Wein machte, fand er an dem Geschmack Gefallen, ohne freilich sagen zu können, ob der Wein einfach nur *lecker* oder auch wirklich *gut* war. Jedenfalls zeigte er schon erste Wirkung; eine leichte Wärme stieg in Antons Wangen, er begann langsam, wohlwollend über die Peinlichkeit des Geschehens auf der Bühne hinwegzusehen. Er suchte sich einen Platz auf einer Bank, als auch schon der Auftritt der diesjährigen Weinkönigin angekündigt wurde. Die Menge spendete aufmunternden Applaus, und die Tochter des Herrenausstatters betrat die Bühne. Der Moderator des Festes führte ein kurzes Interview durch, das in einer Ansprache der Königin gipfelte. Jetzt, in natura, sah sie noch hübscher aus, vereinzelt wurden Begeisterungspfiffe laut. Während des Schlußapplauses wurde Anton jäh in die Seite gestoßen, es war der Herrenausstatter, der erneut nach Komplimenten für seine Tochter fischte. Anton mußte sich nicht sehr bemühen, in der Tat hatte ihn der Auftritt beeindruckt. Irgendwo in seinem Hinterkopf wurde die Stimme eines kleinen Jungen aus der Stadt allmählich lauter … Der Wein verfehlte seine Wirkung nicht. Als nach einigen weiteren Gläsern sein Gesprächspartner ihm das Du anbot, sah Anton nichts, was dagegen sprach, und willigte ein. Auch als Martin mit ihm aufstand und ankündigte, er würde Anton jetzt seiner Tochter vorstellen, folgte ihm Anton nur zu bereitwillig. Die beiden bahnten sich ihren Weg durch die inzwischen kaum noch überschaubare Menge und kamen zu der Gruppe von jungen Männern, die die Weinkönigin und ihre Freundinnen umlagerten. Alissa, rief der Vater, ich habe hier jemanden für dich. An diesem Ausruf fand Anton lediglich den Namen der Tochter etwas befremdlich, aber auch darüber sah er schnell hinweg, als die Angerufene vor ihm erschien. Hallo, sagte er scheu, ich heiße Anton. Hallo, sagte Alissa und hatte sich schon halb wieder umgedreht, als ihr ein Gedanke gekommen zu sein schien. Langsam wandte sie sich um und fragte Anton, ob er nicht der neue Anglistik-Dozent sei. Anton bejahte, und ein Lächeln erschien auf Alissas Gesicht. Ich liebe Englisch, verkündete sie, und Anton glaubte ihr aufs Wort. Es muß zu Antons Verteidigung an dieser Stelle vielleicht gesagt werden, daß er gewöhnlich keinen Alkohol trank, und daß er zu diesem Zeitpunkt schon mehr getrunken hatte als je zuvor innerhalb eines Zeitraumes von nicht einmal zwei Stunden. Und: es war Sommer. Nach und nach jedenfalls entfernten sich Anton und Alissa immer weiter von dem Festgetümmel, Alissas Vater mußte ihnen im stillen Einverständnis irgendwie den Rücken freigehalten haben, auf jeden Fall hatten die beiden den Schloßhof bald verlassen und spazierten wie Verliebte die Felder entlang. Langsam wurde es dunkel, aber die Luft war noch immer sehr warm. Alissa bekam plötzlich Lust, schwimmen zu gehen. Warst du schon einmal im Bodensee schwimmen? fragte sie Anton, der dies verneinte. Dann ging alles sehr schnell. Sie zog Anton zurück zum Schloß, überredete ihn, der ansonsten schon nach einem Glas Bier nicht mehr fuhr, schon einmal den Wagen zu holen, und lief selbst kurz hinüber in das alte Kloster, in dem sich das Internat befand, sie habe dort etwas vergessen. Für einen Moment, während er bei laufendem Motor auf sie wartete, wunderte Anton sich darüber, daß ihm Alissa noch so nüchtern vorkam, und er fragte sich, was sie wohl vergessen haben könnte, doch dann öffnete sie schon wieder die Tür, ihr Duft drang an seine Nase, und alle Zweifel waren vergessen. Alissa sagte, sie kenne eine gute Stelle zum Schwimmen, und wies ihm bei jeder Abzweigung den Weg. Als sie ankamen, war die Sonne endgültig untergegangen. Sie stellten den Wagen ab und gingen hinab zum Wasser. Umgeben von dichten Büschen lag dort eine freie Grasfläche, von der aus man leicht in den See steigen konnte. Langsam wandte sich jedoch bei Anton nun die Wirkung des Weins ins Gegenteil, und er wurde müde. Erneut wußte Alissa, wie sie ihn wieder mobilisieren konnte: Sie griff ihn bei der Hand, zog ihn ans Ufer und verschwand in den Büschen, um sich auszuziehen. Auch Anton zog sich aus und blieb nackt an Ort und Stelle stehen. Als Alissa wieder aus dem Gebüsch herauskam, waren ihr die Haare nach vorne gefallen, er konnte ihr Gesicht kaum erkennen; auch war sein Blick mehr auf ihren nackten Körper gerichtet. Plötzlich wies sie mit dem Finger zum Himmel hinter ihm und sagte: Schau, der Mond. Als Anton sich umblickte, konnte er den Mond zunächst nicht sehen, da er von einem plötzlichen hellen Licht, wie von einem Blitz, geblendet wurde. Er führte die Hand vor die Augen, da sprang Alissa an seine Seite, hielt ihn mit beiden Armen umfangen und küßte ihn. Wieder war da dieses Blitzen, und ein Kopfschmerz stand auf einmal spitz in seinem Kopf. Er befreite sich aus Alissas Umarmung, die ihrerseits einen Schritt zurück machte. Es wird bald regnen, erklärte sie, wir fahren jetzt wohl besser zurück. Und schon war sie wieder in dem Gebüsch verschwunden. Endlich sah Anton jetzt den Mond, eine leuchtende runde Fläche, die so sicher und selbstvergessen am Himmel hing, daß er sie während der ganzen Rückfahrt, zuerst zu Alissa und dann zu sich selbst, nicht mehr aus seinen Gedanken lassen wollte. Als er kurz vor Mitternacht in seinem Bett einschlief, wußte er, daß, egal was auch passierte, der Mond immer an seinem Platz bleiben würde. Am nächsten Mittag weckte ihn das Telefon, der Professor erkundigte sich nach dem Verbleib der Unterlagen, Anton konnte vor Kopfschmerzen kaum sprechen, nach einer Weile hängte er einfach auf. Am Nachmittag, als es ihm etwas besserging, erfand er eine Ausrede, warum er am Morgen das Gespräch unterbrochen hatte, und rief an der Universität an. Der Professor zeigte sich verstimmt und vor allem enttäuscht von Anton, aber wirklicher Ärger würde deshalb wohl nicht entstehen. Schon wieder etwas versöhnt, machte sich Anton daran, seine Post durchzuschauen. Ein Umschlag ohne Absender fiel ihm auf, er öffnete ihn und fand zwei Fotos und einen handbeschriebenen Zettel. Auf den Fotos waren er und Alissa nackt am Wasser zu sehen, die beiliegende Notiz war von einer seiner Studentinnen verfaßt, deren Magisterarbeit er gerade für seinen Professor korrigierte. Als er sich nach dem ersten Schreck die beiden Fotos noch einmal genauer anschaute, erkannte er, daß die Frau neben ihm gar nicht Alissa, sondern eben jene Studentin war, die ihm für die Beurteilung ihrer Arbeit einen klaren Kopf wünschte. Er legte die Fotos zurück auf den Tisch und versuchte sich vorzustellen, welchen Eindruck er auf die beiden jungen Frauen gemacht haben mußte, daß sie auf solch ein Vorgehen verfallen waren. Am meisten schmerzte dabei die Tatsache, daß sie mit ihrer Einschätzung ja recht gehabt hatten. Nach einer Weile nahm er einen Umschlag, den er mit verstellter Schrift an die örtliche Zeitung adressierte, und legte eines der beiden Fotos hinein; das andere steckte er in seine Brieftasche. In der Küche schaute er nach, welche Einkäufe noch zu erledigen waren, dann verließ er das Haus.

1997

CIBO MATTO Sing This All Together

Ein Beispiel ist eine schwierige Angelegenheit. Benutzt man es als Beleg für eine allgemeine Behauptung, mag ein Zuhörer einwenden, es sei aber nicht immer so wie in in diesem einen speziellen Fall. Hebt man andererseits gerade auf seine Besonderheit ab, wird der Zuhörer behaupten, es sei gerade *keine* Ausnahme, im Gegenteil, so etwas passiere ständig. Am Ende hängt vielleicht tatsächlich alles von der Gewilltheit des Zuhörers ab, dem Anlaß des Gesprächs. Als man ihn fand, hatte Sven gerade das Bewußtsein wiedererlangt. Er wußte noch, daß es drei gewesen waren, aber an die Gesichter der Männer konnte er sich nicht mehr erinnern. Später sollte ihm die Polizei verschiedene Fotos vorlegen, aber auch das half seiner Erinnerung nicht weiter. Zwar hielt er es nur für gerecht, wenn die Schuldigen eine entsprechende Strafe bekämen, aber eigentlich würde auch das nichts an dem ändern, was nun einmal geschehen war; er hatte keine Rachegefühle. Man brachte ihn in die Universitätsklinik, in der er auch als Kind schon einmal gelegen hatte. Zum Glück hatte er keine inneren Verletzungen erlitten, wie die Untersuchungen ergaben, jedoch war eine Rippe gebrochen, mehrere Platzwunden mußten genäht werden, er hatte Prellungen am ganzen Körper, eine leichte Gehirnerschütterung. Man sagte ihm, er habe noch Glück gehabt, bei anderen gehe es weniger glimpflich aus. Nach der ersten Versorgung brachte man ihn auf ein Dreierzimmer, er sollte noch zwei Tage zur Beobachtung bleiben, außerdem war gerade Wochenende. Nur eines der anderen Betten war besetzt, ein Mann Anfang Dreißig, der bei Svens Ankunft gerade in ein Buch vertieft war. Es war ein ganz schönes Zimmer, mit einem großen Fenster, durch das jetzt, am Morgen, die Sonne hereinschien. Auf der Fensterbank stand ein Strauß Rosen. Der andere nickte nur kurz, als Sven hereingebracht wurde, die Schwester stellte sie einander mit den Nachnamen vor, Sven verstand nicht und fragte auch nicht nach. Er schlief bald wieder ein und wachte erst gegen Mittag wieder auf. Als sein Nachbar bemerkte, daß Sven wach war, drehte er sich in seinem Bett zu ihm hin und schaute ihn aufmunternd an. Na, geht's besser? fragte er. Sven nickte, es gehe so. Ich heiße Bernhard, sagte der andere, und auch Sven nannte seinen Vornamen. Weshalb bist du hier? fragte Sven. Ich habe einen kleinen Unfall gehabt, erklärte Bernhard und wies auf seine Beine, die beide verbunden waren, werd' wohl noch eine Weile hierbleiben. Und du? Ich bin überfallen worden. Überfallen? Von wem? Gute Frage. Ich weiß es nicht, ich kann mich an die Gesichter nicht erinnern. Das ist der Schock, da verdrängt man das. Mit der Zeit wird's dir schon wieder einfallen. Und sonst, hast du sonst noch was vergessen? Sven stockte. Daran hatte er noch gar nicht gedacht. Er überlegte, an was er sich alles erinnern konnte, doch dann fiel ihm ein, daß er ja nicht wissen konnte, an was er sich vielleicht vorher noch zusätzlich hatte erinnern können. Er mußte durch diese Überlegungen erschrocken wirken, denn auch Bernhard nahm nun einen besorgten Gesichtsausdruck an. Schon gut, schon gut, sagte er, du machst mir nicht den Eindruck, als hättest du eine Amnesie, mach dich bloß nicht verrückt. So ein richtiger Gedächtnisverlust sieht anders aus. Die Schwester kam ins Zimmer und verteilte das Mittagessen. Beide aßen schweigend, auch nach dem Essen sagte niemand etwas, Bernhard nahm wieder sein Buch und begann zu lesen. Sven hörte zu, wie es auf dem Gang langsam lauter wurde, wahrscheinlich hatte nun die Besuchszeit begonnen.

Wer wußte überhaupt davon, daß er hier im Krankenhaus lag? Hatte die Polizei jemanden verständigt? In einem leichten Anfall von Panik klingelte er nach der Schwester. Was ist los? fragte Bernhard neben ihm. Da betrat auch schon die Schwester den Raum, auch sie fragte: Was ist passiert? Sven errötete, es ist nichts Schlimmes, beruhigte er die beiden und erklärte, warum er geklingelt hatte. Da kann ich Ihnen auch nicht helfen, sagte die Schwester schnippisch, ich bin hier nur für die medizinische Betreuung zuständig. Und das nächste Mal benutzen Sie die Klingel bitte nur in dringenden Fällen. Sie drehte sich um und verließ den Raum ohne ein weiteres Wort. Sven wandte sich Bernhard zu, ist die immer so freundlich? fragte er. Bernhard zuckte nur mit den Schultern. Am besten, sagte Sven, mache ich selber mal einen Anruf. Gibt es hier Telefon? Den Gang runter, neben den Aufzügen. Gut, also dann bis gleich. Sven versuchte, sich im Bett aufzurichten, das ging ganz gut, nur wurde ihm leicht schwindlig. Er führte die Bewegungen noch langsamer aus, der Schwindel ließ nach. Er drehte die Beine aus dem Bett heraus und setzte sich auf die Kante. So blieb er einen Augenblick, dann stand er auf. Sofort wurde der Schwindel wieder stärker, er mußte sich mit beiden Händen am Bett festhalten, um nicht umzufallen, auch spürte er jetzt einen Schmerz in der Brust, wohl die Rippe. Wieder verharrte er ohne Bewegung, bis er sich sicherer fühlte, dann wagte er den ersten Schritt. So schaffte er, mit vielen Pausen, den Weg bis vor die Tür. Dort orientierte er sich erst einmal, suchte in Gedanken die Ideallinie bis zu den am linken Ende des Ganges gelegenen Aufzügen, und setzte dann den Weg fort. Zum Glück waren nur andere Patienten und Besucher auf dem Gang unterwegs, er war sich ziemlich sicher, daß eine Schwester ihn sofort ins Zimmer zurückgeschickt hätte. Er stand gerade genau dem einen der beiden Aufzüge gegenüber, als dessen Tür sich öffnete. Eine junge, etwas südländisch wirkende Frau trat heraus, in der Hand einen Strauß Rosen. Es war Idil. Auch sie erkannte ihn sofort, noch in der Tür blieb sie stehen. Sie schauten sich wortlos an, bis ein anderer Besucher an ihr vorbei in den Aufzug wollte. Hallo, sagte sie, und gemeinsam mit Sven ging sie zu der Sitzecke in dem kleinen Erker neben den Aufzügen. Sie setzten sich, und Idil erklärte Sven, wie sie damals seine Nummer verloren und sich deshalb nicht mehr gemeldet hatte. Sven fragte, was sie in Köln mache, sie habe doch vorgehabt, in Bochum zu studieren. Das habe sie auch, bis zur Zwischenprüfung, es sei ihr aber dann zu langweilig geworden, seit dem letzten Semester studiere sie nun in Köln. Sven sagte, er freue sich, sie wiederzusehen. Sie sagte, sie freue sich auch, doch Sven hatte den Eindruck, daß sie auch ein bißchen erschrocken sei, ihn jetzt hier zu sehen. Er zeigte auf die Blumen und fragte, wen sie denn besuchen wolle. Sie zögerte einen Augenblick, meinen Freund, sagte sie und schaute Sven in die Augen. Schön, sagte Sven, freut mich, daß es dir gutgeht. Sie schwiegen. Vielleicht, schlug sie vor, können wir uns ja mal sehen, einen Kaffee trinken gehen oder so. Ja, stimmte er zu, das ist eine gute Idee. Ich habe mit einem Freund zusammen einen Plattenladen, komm einfach mal vorbei, wenn du Lust hast. Er nannte ihr die Adresse und entschuldigte sich scherzhaft, daß er keine Visitenkarte dabeihatte. Erst jetzt fiel ihr auf, daß sie ihn noch gar nicht nach dem Grund seines Krankenhausaufenthaltes gefragt hatte. Er erzählte ihr die Geschichte, das ist ja schrecklich, unterbrach sie ihn mehrmals, dabei riß sie die Augen auf, als erlebe sie alles noch einmal selbst. So, schloß Sven, jetzt muß ich aber wirklich mal telefonieren. Sie standen auf, wieder überkam ihn ein Schwindel, aber schon deutlich schwächer als zuvor.

Idil stützte ihn, geht schon, sagte er und schob ihren Arm langsam zurück. Sie bot an, ihn ins Zimmer zurückzubringen, aber er erinnerte sie daran, daß ihr Freund sicher schon warte, außerdem müsse er ja noch den Anruf machen. Also trennten sie sich, er wandte sich dem Telefon zu und schaute nicht, ob sie sich vielleicht noch einmal zu ihm umdrehte. Im Laden erreichte er Jürgen, der sich schon Sorgen machte, weil Sven nirgendwo zu finden war. Er versprach, später bei ihm zu Hause vorbeizufahren und ihm einige Sachen ins Krankenhaus zu bringen. Sie verabschiedeten sich, und Sven ging zurück zum Zimmer. Als er die Tür öffnete, sah er gerade noch, wie Idil und Bernhard sich küßten, dann aber die Köpfe wieder voneinander entfernten und eine neutrale Haltung einnahmen. Idil saß auf dem Bett, als sie Sven sah, stand sie sofort auf. Sven freute sich, sie nun schon zum zweiten Mal an diesem Tag überrascht zu sehen. Das ist also dein Freund, sagte er mit Blick auf Bernhard. Ihr kennt euch? fragte dieser. Wir haben uns früher mal kurz kennengelernt und dann vorhin auf dem Gang getroffen, erklärte Idil. In Bernhards Augen erschien ein Funkeln. Welch eine Überraschung! rief er aus, was für ein Zufall! Er richtete sich im Bett auf. Ich habe nämlich ein Faible für solche Zusammenhänge, sagte er zu Sven, während Idils Gesicht einen leicht besorgten Ausdruck annahm. Sven kam näher und legte sich wieder in sein Bett. Tatsächlich nämlich, fuhr Bernhard fort, ereignen sich solche Zufälle weitaus häufiger, als man vielleicht annehmen könnte. Im Grunde kennt jeder selber so eine Geschichte, oder sogar mehrere, wo man auf einmal feststellt, daß der Freund eines Freundes einen Bekannten hat, der eben die Person ist, die man gerade kennengelernt hat. Idil legte ihre Hand auf Bernhards Schulter. Keine Sorge, beruhigte er sie daraufhin, ich habe mich völlig in der Gewalt. Als er Svens fragenden Blick bemerkte, fügte er an ihn gewandt hinzu: Ich habe vor ein paar Jahren einen, na ja, so eine Art Nervenzusammenbruch gehabt, weil ich mich in diese fixe Idee verrannt hatte, daß man irgendwie verstehen müßte, was alles gleichzeitig geschieht, die verschiedenen Lebensläufe von Menschen, die zufällig alle gerade in einem Bus sitzen und so weiter, er machte eine wegwerfende Handbewegung, aber das ist vorbei, ich hatte eine gute Therapie, heute interessiert mich das nur noch aus intellektueller Sicht. Sven schaute zu Idil, die Bernhard widersprach: Trotzdem solltest du dir nicht zu viele Gedanken darüber machen, daß Sven und ich uns zufällig von früher kennen, so etwas passiert ständig. Das ist es ja eben! rief Bernhard begeistert. Ich habe meinen Partner erreicht, wechselte Sven das Thema, er kommt nachher kurz vorbei. Gut, sagte Idil. Aber jetzt müßt ihr mir auch erzählen, woher genau ihr euch kennt, forderte Bernhard die beiden auf. Ich war damals das erste Mal in Köln, begann Idil, mit einer Freundin, und in einem Club haben wir dann Sven kennengelernt. Das ist alles? fragte Bernhard. Wir haben uns noch für ein gemeinsames Frühstück verabredet, ergänzte Sven, aber dazu ist es dann nicht gekommen. Und trotzdem habt ihr euch heute sofort wiedererkannt, sagte Bernhard nachdenklich, mehr zu sich selbst. Bestimmt habt ihr euch damals ineinander verliebt, stimmt's? Bernhard grinste triumphierend, Idil guckte zur Seite, Sven mußte lächeln. Dann erzählte Bernhard, wie Idil und er sich kennengelernt hatten. Sie hatte ein Praktikum in seinem Unternehmen gemacht, sie hatten sich jeden Tag im Büro gesehen und bald auch außerhalb der Arbeitszeit, am Anfang wollten sie beide nicht glauben, in wie vielen Dingen sie übereinstimmten, inzwischen nun sei ihnen klar, daß sie wirklich in idealer Weise zusammenpaßten. Und im Herbst, schloß Bernhard, wird geheiratet. Herzlichen Glückwunsch, sagte Sven und schaute zu Idil, die während Bernhards Ausführungen dessen Hand genommen hatte. Ich muß los, sagte sie und gab Bernhard einen Kuß auf den Mund. An der Tür schaute sie noch einmal erst zu Bernhard, dann zu Sven, bis morgen, sagte sie. Nachdem sie weg war, redeten Sven und Bernhard noch ein wenig, aber über andere Dinge, und schließlich begann Bernhard wieder, in seinem Buch zu lesen. Die Schwester, eine andere als die, die auf Svens Klingeln so unfreundlich reagiert hatte, brachte ihnen das Abendbrot. Während sie aßen, klopfte es an der Tür, und Jürgen betrat das Zimmer. Er umarmte Sven und sagte, er sei froh, daß nichts Schlimmeres passiert sei. Ich auch, sagte Sven. Nach dem Essen gingen die beiden auf den Gang und zu der Sitzecke neben den Aufzügen. Jürgen fragte, wie Sven sich gefühlt habe bei dem Überfall. Es ist komisch, sagte Sven, die ganze Zeit denkt man, man habe die Sachen im Griff, man selbst trifft die Entscheidungen, und dann ist man eines Nachts zur falschen Zeit am falschen Ort, und nichts davon ist mehr wahr. Konntest du dich denn nicht wehren? Am Anfang. Die erste Faust kann man abwehren, die zweite und dritte vielleicht auch noch, aber die Schläge hören gar nicht mehr auf, und irgendwann hofft man nur noch, schnell das Bewußtsein zu verlieren. Hast du den Walkman mitgebracht? Hab' ich. Als sie wieder zurück ins Zimmer kamen, war gerade eine Nonne da, die die Patienten zum Gottesdienst am Sonntagmorgen einlud. Das habe ich schon als Kind gehaßt, sagte Bernhard, nachdem sie gegangen war, da will man sonntags in Ruhe ausschlafen, und plötzlich steht ein Trupp Leute im Zimmer, mit Gitarre und Tamburin, und alle singen *Kommt, sagt es allen weiter*. Sven verabschiedete Jürgen und bedankte sich noch einmal für die Sachen. Jürgen sagte, wenn ihm noch etwas einfiele, könne er ihn ja anrufen, er komme morgen wieder. Dann waren Bernhard und Sven allein im Zimmer, Bernhard schien schon schlafen zu wollen, Sven setzte sich den Walkman auf und hörte noch eine halbe Stunde Musik. Dann löschte auch er sein Licht. Wie er so im Dunkeln dalag, fragte er sich, wovon er wohl träumen würde: von Idil, oder von den Schlägen und Tritten der letzten Nacht?

1981

YUKIHIRO TAKAHASHI Connection

Die Schlange war lang gewesen, Martin hatte fast fünfundvierzig Minuten warten müssen, dann war er endlich hineingelangt und hatte von Anfang an Mühe gehabt, seinen eigenen Weg durch die Ausstellung zu gehen und nicht von den Besuchermassen gleich mit zu den Höhepunkten geschoben zu werden. Jetzt gerade stand er, alleine, vor Katalognummer 17, *Ding mit Deckel.* Der komische Effekt, den der Ausdruck *ding*, der auf Chinesisch eine bestimmte Art von Opfergefäß bezeichnet, in diesem Zusammenhang bewirkte, ließ ihn lächeln. Er schaute sich das *ding* genauer an, es war vielleicht fünfzehn Zentimeter hoch, stand auf drei Beinen, auch der Deckel hatte drei Henkel, auf die man ihn vielleicht stellen konnte, um ihn als Schale zu benutzen. Die Frage, was man wohl darin verwahrt hatte, kam ihm in den Sinn; gerne hätte er das geöffnete Gefäß gesehen, um anhand der Patina im Inneren Mutmaßungen über die frühere Verwendung anstellen zu können. Er schaute sich im Raum um, die meisten schenkten diesem Gegenstand gar keine Beachtung, sondern strömten gleich zu den Terracotta-Kriegern, die ja auch die Plakate zeigten. Ihm fiel auf, daß zahlreiche Eltern mit ihren Kindern dabei waren, auch schienen viele Besucher nicht zum üblichen Bildungsbürgertum zu gehören, das gewöhnlich im Ostasiatischen Museum zu finden war. Wie im Jahr zuvor die Tutanchamun-Ausstellung, war auch diese zu einem Massenereignis geworden, das quer durch Generationen und soziale Schichten hindurch die Öffentlichkeit beschäftigte. Schon jetzt war abzusehen, daß die Erinnerung an die Ausstellung eines Tages eine Gemeinsamkeit zwischen zwei

Menschen etablieren würde, genau wie bestimmte Fernsehserien, deren Titelmelodien die Leute noch nach Jahren pfeifen konnten. Martin fragte sich, ob wohl auch die anderen Besucher in diesem Bewußtsein hier waren. Tatsächlich war auf manchen Gesichtern Desinteresse oder Langeweile abzulesen, vielleicht empfanden diese Leute den Besuch der Ausstellung tatsächlich als eine Pflicht, die sie nun einmal abzuleisten hatten. Er ging weiter in den nächsten Raum. Auch in anderen Museen hatte er die Erfahrung gemacht, daß das ungewohnt langsame Betrachten in ihm Gedanken auslöste, die nicht unbedingt etwas mit dem Thema der Ausstellung zu tun hatten. Während er ruhig von einem Ausstellungsstück zum nächsten schritt, fielen ihm oft Erlebnisse ein, an die er dann aus einer anderen Perspektive dachte. Hier, zwischen den chinesischen Grabbeigaben, erinnerte er sich nun an seinen Aufenthalt in Jugoslawien, einen Sommer zuvor. Er war zu einer Tagung nach Bled eingeladen worden, es ging um ein Thema, das ihn nur begrenzt interessierte, aber sein Chef hatte auf die Teilnahme bestanden, und so war er schließlich doch gefahren, mit dem Vorsatz, soviel wie möglich an offiziellen Terminen zu schwänzen und statt dessen die Gegend zu erkunden. Bereits am ersten Tag hatte er einmal den See umrundet, der für seine windstille Lage unter Ruderern gerühmt wurde, und vom Weg aus zur Tito-Villa emporgeblickt, die jederzeit für einen Kurzurlaub des Präsidenten bereitstand. Auch an den nächsten Tagen ließ er jeweils die Plenarveranstaltung ausfallen und erschloß sich auf eigene Faust das Umland. Für den letzten Tag buchte er einen Ausflug in das nahe gelegene Triest. Der Bus war unbequem, aber als hinter einer Bergkuppe das Mittelmeer in Sicht kam, machte er sich darum keine Gedanken mehr. In der Stadt war er sich selbst überlassen. Er konnte kein Italienisch sprechen, höchstens ein bißchen verstehen, und so stellte er sich auf einen Tag ohne Gespräche ein. Zunächst spazierte er ein wenig am Hafen herum, dann verließ er sich auf sein Glück und ging in Richtung der Altstadt. Er wußte nicht, welche Sehenswürdigkeiten obligatorisch waren, so konnte er unbelastet durch die Straßen spazieren und sich seine eigenen Favoriten suchen. An einem Kiosk kaufte er sich eine Flasche Wasser. Er hatte schon bezahlt, als er an dem Postkartenständer ein Schild sah, auf dem auf Englisch stand, man könne hier auch gleich die passenden Briefmarken kaufen. Er suchte eine Karte aus, reichte sie der Verkäuferin und sagte: To Germany. Sie nickte, riß eine einzelne Briefmarke von einem Block ab und klebte sie selbst auf die Karte. Dann wies sie auf die Anzeige der Kasse, Martin steckte die Karte ein und zahlte. Einige Straßen weiter kam er an einen kleinen Park. Er setzte sich auf eine Bank und überlegte, was er seiner Frau schreiben könne. Sobald er im Kopf einen kurzen Text formuliert hatte, suchte er nach seinem Kugelschreiber und fand, daß er ihn irgendwo verloren haben mußte. Er sprach einen Mann auf der Nachbarbank an und machte mit den Händen eine schreibende Bewegung, aber der Mann schüttelte nur den Kopf. Martin stand auf und ging zurück in die Straße. Da nun schon die italienische Briefmarke darauf klebte, mußte er ja die Karte auf jeden Fall noch vor der Rückfahrt nach Bled schreiben und einwerfen. An einem der Häuser stand auf einem Messingschild: *Biblioteca Pubblica.* Martin schien es schlüssig, daß es in einer öffentlichen Bibliothek einen Stift geben müsse, und so betrat er das Haus. Die Bibliothek befand sich im ersten Stock, Martin ging in dem angenehm kühlen Treppenhaus nach oben, eine junge Frau mit einer roten Handtasche kam ihm entgegen. Oben betrat er durch eine Schwingtür den Eingangsbereich, der von einem langen Tresen beherrscht wurde, an dem zwei Angestellte saßen. An der Wand waren zwei kleine Pulte, auf denen Formulare auslagen. Martin grüßte freundlich, die beiden Angestellten grüßten zurück, die Atmosphäre wirkte sehr familiär, eine andere Frau kam aus einem angrenzenden Raum, redete kurz mit einem der beiden und ging dann hinaus. Auch Martin nickte sie kurz zu. Auf den Pulten war kein Stift zu finden, und so trat er an den Tresen, fragte auf Englisch nach einem Stift und machte wieder die Bewegung des Schreibens vor. Beide Angestellte widmeten ihm sofort ihre ganze Aufmerksamkeit, der eine nahm ein Formular herbei und begann damit, Martin die dort gedruckten Wörter vorzulesen. Martin schüttelte den Kopf, die beiden redeten weiter auf Italienisch auf ihn ein, offenbar dachten sie, er wolle ein Buch ausleihen. Plötzlich kam dem einen eine Idee, er wandte sich dem anderen zu und erwähnte immer wieder den Namen Monica, Martin glaubte zu verstehen, daß es sich bei dieser Monica wohl um eine Kollegin handelte, die vor kurzem einen Englischkurs gemacht hatte. Schon griff der eine Mann zum Telefonhörer und wählte eine Nummer. No, no, sagte Martin entschieden, doch der andere wiegelte ihn freundlich ab, die Hilfsbereitschaft der beiden hatte etwas Erschlagendes. Am Telefon verlangte der Anrufer jetzt nach Monica, die auch am anderen Ende der Leitung erst geholt werden mußte. Nach fünf Minuten, in denen Martin nichts mehr gesagt hatte, erschien eine vielleicht vierzigjährige Frau am Ende des Flures. Ah, Monica! riefen beide Bibliotheksangestellten gemeinsam aus. Martin war halb erleichtert, sich nun endlich verständlich machen zu können, halb war ihm der Aufwand, den er um einen Stift verursacht hatte, peinlich. Die Frau reichte ihm die Hand, wurde von ihren Kollegen, die jetzt einen Gesichtsausdruck hatten, als werde nun ein für allemal alles gut, noch einmal kurz in die Situation eingeführt und hörte sich dann aufmerksam an, was Martin zu sagen hatte. Danach griff sie sich eines der Formulare und begann damit, die dort gedruckten Wörter mit englischer Aussprache vorzulesen. Erschüttert begriff Martin, daß auch sie kein Wort von dem verstanden hatte, was er gesagt hatte. Dann begann er sich zu bedanken, machte immer wieder Laute des Verstehens, nickte und reichte der Frau die Hand, die ihm zum Abschluß einen Stift in die Hand drückte, damit er das Formular auch ausfüllen könne. Auf einmal waren alle zufrieden, die beiden Männer nickten sich mit Blick auf Monica gegenseitig zu, man schien nicht umsonst große Hoffnungen in sie zu setzen. Monica selbst strahlte über das ganze Gesicht, und Martin hielt endlich einen Stift in der Hand. Er bedankte sich noch einmal und betrat dann den Raum mit den Katalogen. Da es sich um eine reine Magazinbibliothek handelte, mußte er nicht nur eine Mitgliedskarte ausfüllen, sondern sich auch ein Buch heraussuchen, das er dann in das Bestellformular eintragen konnte. Jetzt, da er sich entschlossen hatte mitzuspielen, um das Gesicht von Monica zu wahren, mußte er auch bis zum Ende durchhalten. Jeder hatte mitbekommen, daß er kein Italienisch konnte, nun war die Frage, welches Buch er sich glaubhafterweise bestellen konnte. Er zog die Schublade mit G heraus, in der Hoffnung, irgendwelche Bücher über *Germania* zu finden. Nachdem er die ersten Karteikarten durchgeblättert hatte, fiel ihm der logische Fehler dieses Vorgehens auf. Er schob die Schublade zurück und suchte bei D weiter. Tatsächlich fand er einen deutschen Titel, *Deutsche Geologie*, notierte die Signatur auf dem Bestellformular und gab dieses bei einer weiteren Angestellten ab. Während er wartete, schrieb er die Postkarte an seine Frau. Dann, nach einer Viertelstunde, wurde sein Name aufgerufen, er ging zur Ausgabe und nahm das angeforderte Buch in Empfang. Es handelte sich um einen dicken Wälzer, der in einem wissenschaftlichen Jargon geschrieben war, von dem Martin nur jedes zweite Wort verstand. Um nicht aufzufallen, las er ungefähr eine halbe Stunde darin. Das Interessante an dem Buch, das hauptsächlich von den verschiedenen Gesteinsschichten der deutschen Mittelgebirge handelte, war der narrative Ton, der trotz der zahlreichen unverständlichen Wörter zu erkennen war. Selbst diese Fachausdrücke waren nicht aus dem Griechischen oder Lateinischen entlehnt, sondern schienen selbst jenem archaischen Ursprung zu entstammen, der offenbar für die wechselvolle Geschichte des Harzes verantwortlich war. Mochten die chinesischen Grabbeigaben auch mehrere tausend Jahre alt sein, für einen Geologen war dies eine vernachlässigenswerte Zeitspanne. Aber während Martin es schwierig fand, auch nur hundert Jahre zurückzudenken, war zumindest der Verfasser des Buches in der Lage gewesen, die Entwicklung etwa des Brocken als eine spannende Geschichte zu begreifen und zu schildern. Müde hatte Martin das Buch schließlich zugeschlagen und an der Rückgabe abgelegt. Draußen warf er die Karte in einen Briefkasten und suchte den Weg zurück zum Hafen. Gerade rechtzeitig noch erreichte er den Bus und trat die Rückfahrt an. Im nächsten Raum lag eine ältere Dame am Boden, die offenbar einen Schwächeanfall erlitten hatte. Ein Mann kniete neben ihr und sprach ihr zu, ein weiterer forderte die Umstehenden auf, ruhig weiterzugehen. Schon kamen zwei Sanitäter mit einer Trage herein. Martin verfolgte die Rettungsaktion nicht weiter, sondern nutzte die Gelegenheit, sich auf eine der Bänke zu setzen, die im hinteren Teil des Raumes aufgestellt standen. Seine Frau hatte sich über die Karte gefreut, auch wenn sie den Aufwand, den er dafür getrieben hatte, nicht ganz nachvollziehen konnte. Er beschloß, später vorne an der Kasse einige Postkarten zu kaufen. Seine Schwiegermutter war an Krebs erkrankt, seine Frau war zur Zeit bei ihr in Japan, er selbst mußte aus beruflichen Gründen in Berlin bleiben. Er würde den beiden Frauen eine Karte schicken. Es ist merkwürdig, dachte er, während er auf der Bank saß, schon oft sind wir für kurze Zeit getrennt voneinander gewesen, und jedesmal ist diese Erfahrung eine andere. Einmal ist die Sehnsucht so groß, daß man meint, es kaum noch aushalten zu können, dann wieder ist man froh, endlich einmal seine Ruhe zu haben. Als ich damals in Triest war, habe ich es insgeheim genossen, wegen dieser Karte solche Umstände zu machen, weil dadurch der ganze Tag unter ihrem Zeichen stand. Während der restlichen Zeit in Bled war ich Makiko kein einziges Mal so nahe wie an jenem Nachmittag in der öffentlichen Bibliothek. Er stand auf und ging zurück zum Eingangsbereich des Museums, für heute hatte er genug gesehen. In dem kleinen Museumsshop suchte er mehrere Karten heraus, es gab sogar eine mit dem *Ding mit Deckel*, die er gleich zweimal kaufte. Draußen war schönes Wetter, er beschloß, noch eine Runde durch den Garten vor dem Schloß Charlottenburg zu machen. Auf dem Heimweg fiel ihm in der Bahn die allgegenwärtige Werbung für die Ausstellung auf, es schien ihm, als unterhielten sich die Leute über nichts anderes. Er kam pünktlich zu den Nachrichten nach Hause, die Wettervorhersage kündigte für den nächsten Tag vereinzelte Schauer an, doch dann säße er ohnehin wieder im Büro. Anders als für die meisten Kollegen war der Montag sein Lieblingstag, an dem der noch so frische Eindruck des Wochenendes ihn häufig zu Höchstleistungen anspornte. Er ging früh zu Bett, las noch ein wenig und löschte dann bald das Licht. Gegen drei Uhr früh weckte ihn das Telefon, es war seine Frau, die ihm mitteilte, daß ihre Mutter in der Nacht gestorben war. Er schaute auf die LED-Anzeige des Weckers, in Japan war es jetzt ungefähr zehn Uhr morgens. Makikos Stimme klang gefaßt, ihre Mutter, sagte sie, habe am Ende gar keine Schmerzen mehr gehabt, sogar nach ihm habe sie noch gefragt, dann sei sie bald darauf einfach eingeschlafen. Ja, sagte er, ich mußte gestern auch an euch denken. Dann sagten sie beide nicht mehr viel, beendeten irgendwann das Gespräch. Er drehte sich auf die andere Seite und versuchte vergeblich, noch etwas zu schlafen. Um kurz vor vier begannen die ersten Vögel zu singen. Martin stand auf und holte eine der gekauften Postkarten aus dem Wohnzimmer. Er adressierte sie an seine Schwiegermutter und schrieb ihr auf Japanisch einen kurzen Gruß, und daß er denke, es werde ihr sicher bald schon bessergehen. An diesem Morgen brach er noch etwas früher als gewöhnlich von zu Hause auf, auf dem Weg zum Büro warf er die Karte in einen Briefkasten. Seine Sekretärin stöhnte leise, als sie ihn voller Elan aus dem Fahrstuhl kommen sah. Er rief ihr ein kräftiges *Guten Morgen* zu, sie nickte nur kurz mit dem Kopf.

1995

HIROSHI TAKANO Aikawarazusa

Mitunter kann man den Eindruck bekommen, man bräuchte nur einmal vor die Türe zu gehen und schon geriete man in den machtvollen Strudel des Lebens. Aber das stimmt nicht. Es reicht bereits, das Telefon abzunehmen. Es mag an einem Herbsttag sein, wenn die Angst, den Winter über alleine zu sein, manchen Einsamen zu den verzweifeltsten Aktionen treibt, oder auch an einem Frühlingstag, wenn eine ganz ähnliche Angst zu ganz ähnlichen Folgen führt, zumindest aber bei Stefan war es ein Herbsttag. Er wußte sofort, daß die Stimme am Telefon, die ihn fragte, ob er eine Freundin habe, die eines in die Enge getriebenen Tieres war, und das stimmte ihn freundlich. Nein, sagte er, leider nicht. Ein Seufzer der Erleichterung war zu hören, dann kam schon die nächste Frage, diesmal nach seiner Adresse. Auch diese nannte er ohne Zögern. Ich bin in zehn Minuten da, sagte sie und hängte den Hörer ein. Als es wieder still war in seinem Studentenapartment, wurde ihm doch ein wenig mulmig. Die zehn Minuten waren fast vorbei, da bemerkte er die Unordnung rings um ihn herum. Wieder zögerte er nicht: Egal, dachte er, drehte sich auf dem Drehstuhl zur Badezimmertüre hin und stand auf. Es klingelte. Du solltest wissen, sagte er, als er die Wohnungstüre öffnete, daß ich ein Millionenerbe bin, aber mein Erbe nur ausgezahlt bekomme, wenn ich vor meinem vierzigsten Geburtstag nicht heirate. Mein Vater war auch so drauf, sagte sein Gegenüber, ich bin Alice. Alice wie in *Alice im Wunderland*? wollte Stefan es genau wissen. Sic, sagte sie und ging durch den Spiegel. In Stefans Welt war alles genauso wie in Wirklichkeit, nur immer um eine Nuance verschoben. Es gab zum Beispiel einen Fernseher, aber der hatte eine goldene Farbe, und den Namen der Firma hatte sie noch nie gehört. Das Ganze sah aus wie ein Requisit aus einem B-Movie. Der CD-Spieler hingegen war von einer gängigen Marke und verriet, daß bloßer Geldmangel nicht für die Anschaffung des Fernsehers verantwortlich gewesen sein konnte. Schau dich nur um, sagte zwischendurch Stefan, während er in der Küche Kaffee kochte. Alice sah sich die Familienfotos an, die auf dem Klavier standen. Es waren alte sepiafarbene Aufnahmen von wahrscheinlich Stefans Großeltern, die vor einem Haus mit Veranda standen, für den Fotografen in gekünstelter Aufstellung gruppiert. Neuere Fotos, besonders solche mit Stefan darauf, waren nirgendwo zu sehen. Alice schlug ein C auf dem Klavier an, und Stefan erschien mit einem Tablett, fertig ausgerüstet zum Kaffeetrinken. Sie nahm ihn schwarz, er nur mit Zucker. Machst du das öfter? fragte er. Die meisten legen direkt wieder auf, erklärte sie. Warum? Weil sie Angst haben, keinen Ärger haben wollen. Aber ich bin nicht der erste, der mitgemacht hat, vermutete er. Stimmt, gab sie zu, aber du bist der erste, der meine Frage nicht falsch verstanden hat. Gut für mich? fragte er. Gut für *mich*, verbesserte sie, alles nicht so einfach heutzutage. Der Kaffee war zu dünn geraten, und so schütteten sie ihn in der Küche weg. Gemeinsam schauten sie zu, wie die braune Flüssigkeit im Abfluß des Spülbeckens verschwand. Sie hatten sich gerade von dem Anblick lösen können, als plötzlich ein lautes Gluckern begann. Schnell wandten sie sich um und sahen weißen Schaum aus dem Abfluß in das Becken steigen. Altbau, erklärte Stefan und öffnete mechanisch das Fenster, über uns hat jemand die Waschmaschine laufen. Ist das immer so? wollte Alice wissen. Seit ich hier wohne, sagte Stefan. Als nächstes sagte Alice: Du mußt den Vermieter anrufen, das kann ja zu einem Rohrbruch führen, oder das Wasser steigt über den Beckenrand und versaut dir die ganze Küche. Als Mieter bist du im Grunde verpflichtet, so was sofort zu melden, sonst mußt du am Ende selber für den Schaden aufkommen. Ich schlage vor, du rufst jetzt direkt beim Vermieter an und sagst ihm, er soll jemanden vorbeischicken. Ich weiß, was wir machen: Ich werde diese Wohnung nicht eher verlassen, bis die Angelegenheit in Ordnung gebracht worden ist, ich muß nur noch einige Anrufe erledigen, dann bin ich frei, bis der Klempner hier war. Was sagst du dazu? Und Stefan sagte: Die Wohnung gehört meinem Vater. Oh, machte Alice. Sie schaute Stefan einen Augenblick schweigend an, dann drehte sie sich um und ging zurück in das Zimmer, Stefan folgte ihr. Auf eines der Familienfotos zeigend, fragte sie, ob es sich um Stefans Großeltern handele. Nein, sagte Stefan, ich weiß nicht, wer das ist, ich habe die Bilder auf dem Flohmarkt gekauft. Das wollte Alice nicht glauben. Was denn mit seinen richtigen Großeltern sei? Stefan zuckte mit den Achseln. Ihm fiel ein, daß er noch eine Verabredung mit einem Freund hatte, und so fragte er Alice, ob sie ihn nicht begleiten wolle. Aber nicht so, erklärte sie, abends wird es jetzt schon ganz schön kalt. Leihst du mir was zum Anziehen? Sie entschied sich für einen roten Pullover, der ihr etwas zu groß war, so daß sie die Ärmel umschlagen mußte. Gut, sagte Stefan, laß uns gehen. Als sie zwei Stunden später wieder nach Hause kamen, spielte Alice im Hausflur die Betrunkene, torkelte die Treppen hoch, klingelte bei den Nachbarn, legte die Arme um Stefans Hals, rülpste laut und kicherte ohne Unterlaß. Nachdem Stefan die Wohnungstür hinter ihnen geschlossen hatte, zog sie ihre Kleidung wieder zurecht, hustete kurz und fragte: Und, wie war ich? Schrecklich, log Stefan. Draußen war es noch immer hell. Darf ich dich etwas fragen, begann Stefan. Alice nickte und ließ sich auf das Sofa fallen, das ausgeklappt Stefans Bett darstellte. Und zwar, fuhr Stefan fort, schreibst du manchmal Briefe, die du dann gar nicht abschickst? Klar, sagte Alice, als erschiene ihr alles andere absurd. Ich meine, fügte sie hinzu, alles andere wäre ja absurd, man kann doch nicht jeden Brief auch wirklich abschicken, da sind ja immer Sachen drin, die man schon nach kurzer Zeit ganz peinlich findet, da muß man sich schon der eigenen Sicherheit wegen zweimal überlegen, ob man so einen Brief auch abschickt, das wäre ja Selbstmord. Stefan setzte sich neben sie. Ich selbst, sagte er, schreibe eigentlich wenig Briefe. Aber wenn ich einen Brief einmal geschrieben habe, sende ich ihn auch ab. Ich komme übrigens darauf, weil ich gestern ein Buch gesehen habe über die Unterschiede zwischen Männern und Frauen, das das Beispiel mit den Briefen als Titel hatte. Du bist die erste Frau, mit der ich seitdem spreche. Alice stand auf und ging zum Fenster. Dein Freund, begann sie ein neues Thema, ist ja ganz nett, kennst du ihn schon lange? Wir waren zusammen in der Schule. Dachte ich mir. Bist du müde? fragte Stefan. Ein wenig. Aber es ist noch früh. Ich bin gestern spät ins Bett. Verstehe. Auch Stefan stand auf, er machte sich an dem Sofa zu schaffen und baute es zum Bett um. Dann holte er sein Bettzeug, eine zweite Garnitur, einen Pyjama und ein Handtuch. Danke, sagte Alice, nahm letztere entgegen und verschwand im Bad. Stefan ging zu seiner Stereoanlage und prüfte, ob das Kabel des Kopfhörers bis ans Bett reichte. Es war zu kurz. Vom Bad her war jetzt das Geräusch der Dusche zu hören, ganz leise darin Alices Stimme, die eine Melodie summte, die Stefan schon einmal im Radio gehört hatte. Er hatte sogar überlegt, sich die CD zu kaufen, war aber dann aus irgendeinem Grund wieder davon abgekommen. Er schob das Bett näher an die Anlage, bis das Kabel reichte.

Dann suchte er eine CD aus, die er in den Player legte. Er setzte den Kopfhörer auf, stellte die Lautstärke richtig ein und legte ihn dann auf sein Kopfkissen. Als Alice aus dem Bad kam, in seinem Pyjama, war er in der Küche. Sie hatte sich die Haare gewaschen und ein Handtuch um den Kopf gewickelt. Wie er sie so in seinem Zimmer stehen sah, kam sie ihm vor wie Doris Day, und er sagte es ihr. Sie lachte und mußte gestehen, daß er allerdings nicht gerade wie Rock Hudson aussehe. Ich bin auch nicht schwul, führte Stefan als weiteres Unterscheidungsmerkmal an. Alice zeigte auf seine Hose und fragte ihn, ob er sich immer das Pyjama-Oberteil in die Hose stopfe. Natürlich, sagte Stefan und fuhr fort: Ich bin noch nicht müde, und deshalb werde ich noch etwas Musik hören, über Kopfhörer meine ich, ich hoffe, es stört dich nicht. Schon in Ordnung. Also dann. Stefan ging vor ins Wohnzimmer und legte sich ins Bett. Alice machte das Licht in der Küche aus und folgte ihm nach. Es ist ein bißchen eng, entschuldigte sich Stefan, aber besser als nichts. Sie stand vor dem Bett und trocknete sich weiter die Haare ab. Wann mußt du morgen früh aufstehen? fragte sie. Egal, ich habe nichts Bestimmtes vor. Ein Lächeln erschien auf Alices Gesicht, ich auch nicht, sagte sie. Dann brachte sie das Handtuch ins Bad, kam zurück ins Zimmer, löschte des Licht und legte sich neben Stefan unter die zweite Decke. Das Bett war wirklich recht schmal, sie spürte die Wärme seines Körpers und den leichten Druck, den er auch durch die Decken hindurch ausübte. Die LED-Anzeige des Verstärkers flackerte im Rhythmus der Musik, von der sie nur leise die Höhen hören konnte. Stefan lag auf dem Rücken, er hatte die Augen geschlossen und schien sich ganz auf die Musik zu konzentrieren. Alice hätte gerne gewußt, was er da eigentlich hörte, aber sie wagte nicht, ihn zu stören. Nach einer Zeit drehte sie sich auf die

Seite, ihm zugewandt. Noch einige Minuten vergingen, dann fuhr sie mit der Außenseite ihrer Hand leicht über seine Wange. Er öffnete die Augen und schaute sie an. Du bist sehr nett, sagte sie. WAS? fragte Stefan viel zu laut, mit dem Kopfhörer auf unterschätzte er seine Stimme. Alice mußte lachen, er nahm den Kopfhörer ab, die Musik wurde deutlicher, was hast du gesagt? fragte er, jetzt in angemessener Lautstärke. Alice wiederholte, was sie gesagt hatte. Danke, sagte er, nur ein bißchen zu förmlich. Ich bin froh, daß ich dich kennengelernt habe, fuhr Alice fort. Danke, wiederholte er, ich auch. Aber jetzt laß uns schlafen. Er legte den Kopfhörer beiseite, schaltete die Anlage aus und legte sich zurück ins Bett, Alice zugewandt. Es war jetzt so dunkel, daß sie nicht einmal mehr ihre Gesichter sehen konnten. Nach einer Weile wurde Stefans Atem gleichmäßiger. Am nächsten Morgen erwachte Alice als erste. Sie vergewisserte sich, daß Stefan noch schlief, dann kroch sie vorsichtig unter der Decke hervor in den Tag. In der Küche trank sie ein Glas Wasser und durchsuchte die Schränke und Schubladen nach Geschirr und Besteck für das Frühstück. Aus dem Kühlschrank nahm sie Butter und Aufstrich, dann bemerkte sie, daß es kein Brot gab. Sie ging nach nebenan, zog sich an und überlegte einen Augenblick, ob sie Stefan, der noch immer schlief, einen Zettel dalassen sollte, ließ es dann aber sein, nahm einen Schlüsselbund vom Haken neben der Tür und ging. Erst ihr mehrmaliges Klingeln weckte Stefan, der benommen aus dem Bett stieg, sich kurz im Raum orientierte und schließlich den Weg zum Türdrücker fand. Er öffnete die Tür und sah Alice mit einer Bäckertüte die Treppe hochkommen, Entschuldigung, sagte sie, ich habe extra die Schlüssel mitgenommen, aber irgendwie paßt keiner von denen. Dabei hielt sie den Bund hoch. Stefan stellte die Augen scharf, die sind von der Nachbarin, erklärte er, zur Sicherheit hat jeder einen Schlüssel vom andern. Dann hätte ich besser bei ihr klingeln sollen, fiel ihr ein, als Stefan hinter ihr die Türe schloß. Wieso, sagte er, du hast doch den Schlüssel. Bist du immer morgens schon so scharfsinnig? fragte Alice. Während des Frühstücks stellte sich heraus, daß sie beide noch recht müde waren. Stefan wollte sich gerade wieder hinlegen, als es an der Türe klingelte. Wer kann das sein? fragte Alice. Stefan öffnete die Tür, und ein ungefähr sechzehnjähriger Junge stand vor ihm im Treppenhaus. Guten Tag, sagte er, wir machen eine Umfrage, haben Sie vielleicht einen Augenblick Zeit? Du kannst mich ruhig duzen, antwortete Stefan und bat ihn herein. Hallo, sagte der Junge, als er Alice sah. Geht doch in die Küche, schlug Stefan vor, ich ziehe mich in der Zwischenzeit an. In der Küche begann der Junge, der stark nach Duschgel roch, mit seiner Umfrage bei Alice. Es ging um Vorurteile gegenüber Vorbestraften und ehemaligen Drogenabhängigen. Als Stefan hinzukam, hatte Alice schon einen Auftrag für ein zweijähriges Abonnement der Zeitschrift *Merian* unterschrieben. Das ist eine gute Sache, erklärte sie, damit kann er sich eine Ausbildung finanzieren. Na dann, zeigte sich Stefan einsichtig. Alice reichte ihm das Formular und sagte: Du mußt nur noch die Einzugsgenehmigung ausfüllen. Wortlos trug Stefan alles ein und unterschrieb. Der Durchschlag ist für euch, sagte der Junge, in einer Woche ruft dann noch einmal jemand vom Verlag an und fragt, ob alles mit rechten Dingen zugegangen ist. An der Tür wünschte Alice dem Jungen auch weiterhin viel Glück. Findest du nicht auch, fragte sie Stefan, daß das vorhin wie bei einem alten Ehepaar war, die Frau ist kapriziös, und der Mann unterschreibt die Schecks? Das ist mein Hemd, sagte Stefan, dem in diesem Moment auffiel, daß Alice nicht mehr die Sachen anhatte, in denen sie am Vortag gekommen war.

Im Laufe dieses zweiten Tages, den sie zusammen verbrachten, kamen sie dann noch dreimal auf die *Merian*-Hefte zu sprechen. Das erste Mal, als Alice beim Spülen anfing, laut zum Radio mitzusingen, und Stefan sagte: Wenigstens sind da viele Fotos drin, da braucht man nicht soviel Zeit, um alles zu lesen. Das zweite Mal, als Stefan beim Abtrocknen ein Glas herunterfiel, und Alice sagte: Eigentlich fand ich *Merian* ja immer blöd, aber letztlich ist das ja auch nur ein Vorurteil. Das dritte Mal, nachdem sie abends zusammen auf die Party eines Bekannten von Stefan gegangen waren. Diese Party zog sich, was am Anfang niemand vermutet hätte, bis in die frühen Morgenstunden, und als gegen vier Uhr zum zweiten Mal die Polizei vor der Tür stand, mußte der Gastgeber mitten im Gespräch mit den Polizisten auf einmal so dringend auf die Toilette, daß der jüngere der beiden Polizisten den Verdacht bekam, es könnten Drogen im Spiel sein. Also mußte der Gastgeber zur Blutprobe mit auf die Wache, die Party wurde aufgelöst, und Stefan und Alice erklärten sich bereit, während der Abwesenheit des Hausherrn die Stellung zu halten und auch schon einmal etwas aufzuräumen. Während draußen die ersten Bahnen vorbeifuhren, stellten sie drinnen die Pappteller zusammen und wollten den Stapel dem hauseigenen Altpapier hinzufügen, das sie aber zunächst nicht fanden. Schließlich zog Stefan in der Küche den Vorhang beiseite, der den Platz unter der Spüle vor den Blicken von Gästen verbarg. Dort lagen, ordentlich zu einem Bündel geschnürt, zwei komplette Jahrgänge des *National Geographic*.

1996

RYOJI IKEDA + / -

Die Firmenleitung hatte beschlossen, ihren Mann für drei Monate nach Japan zu schicken, und Elisabeth, die seit ihrer Hochzeit noch nie so lange von ihm getrennt gewesen war, begann schon auf der Rückfahrt vom Flughafen damit, ihn zu vermissen. Zu Hause angekommen, suchte sie im Fernsehen das Programm, in dem nachts NHK lief, und programmierte den Videorekorder so, daß er jede Nacht vier Stunden aufnahm. Sie konnte kein Japanisch, doch versprach sie sich einen gewissen Trost davon, dieselben Nachrichten, dasselbe Programm zu sehen wie ihr Mann während seiner Abwesenheit. Da sie nicht berufstätig war, hatte sie zwischen der Hausarbeit immer wieder etwas Zeit, die sie zum Fernsehen verwenden konnte. Oder sie ließ den Videorecorder einfach gleich beim Putzen mitlaufen. Ansonsten aber nahm ihr Leben seinen gewohnten Lauf. Sie telefonierten jeden Morgen kurz miteinander, nun hatte sich sein Handy doch noch gelohnt. Auch er vermisse sie, habe aber, wie er zugeben müsse, auch sehr viel zu tun, die neue Umgebung, die in vielem so fremd von der gewohnten sei, die neuen Kollegen, all das nehme einen großen Teil seiner Aufmerksamkeit in Anspruch, worüber er doch auch ganz froh sei, bleibe ihm so nur wenig Zeit für Heimweh. Er teilte ihr das alles mit, in der Hoffnung, es sei ihr ein Trost, ihn nicht bekümmert zu wissen, und auch sie selbst sagte sich das. An manchen Morgen aber, wenn sein Anruf ein wenig kürzer als sonst ausgefallen war, befiel sie ein leichter Zweifel, ob er sie überhaupt vermisse. Nach einem Monat kam sie auf die Idee, ihr tägliches Mittagessen in einem japanischen Restaurant zu sich zu nehmen, wiederum der Simulation von Gemeinsamkeiten wegen. Sie schaute in den Gelben Seiten nach, probierte verschiedene aus und endete schließlich bei einem Restaurant in der Nähe des Doms, das nach dem Franchising-System einer großen japanischen Restaurantkette angehörte. Sollte sie später einmal selbst nach Japan kommen, könnte sie dort gewissermaßen in dasselbe Restaurant gehen, wäre mit der Speisekarte bestens vertraut und müßte sich fast hüten, bei der Bestellung nicht anzugeben: Das übliche. Auch waren dort die Preise, gerade mittags, noch erschwinglich. Als sie ihrem Mann davon erzählte, fand er es zunächst ein wenig übertrieben, doch überzeugte sie ihn schnell davon, wie wohl sie sich dabei fühle, wie es ihr über die Sehnsucht nach ihm hinweghelfe. Am Ende der sechsten Woche schlug er vor, nur noch jeden zweiten Tag anzurufen, inzwischen habe sich bei ihm einiges normalisiert, die Tage seien größtenteils Routine, es gebe nicht immer etwas Neues zu berichten, auch müsse man einmal an die Kosten denken. Wie dumm er doch sei, sagte sie sanft, es gehe ihr schließlich um ihn, seine Stimme, nicht nur um die Neuigkeiten, sie wolle einfach seine Stimme hören, ob er das denn nicht wisse. Natürlich wisse er das, ihm ginge es mit ihr ja genauso, er habe nur die Befürchtung gehabt, sie könne in ihrem Tagesablauf zu sehr auf ihn bezogen sein, sich gar nicht mehr um ihre eigenen Interessen kümmern, um ehrlich zu sein, die Sache mit dem Restaurant habe ihn schon etwas beunruhigt, das Leben gehe doch weiter, auch wenn sie sich eine Zeitlang nicht sähen, es sei ja auch schon die Hälfte der Zeit vorbei. Sie bestand jetzt erst recht auf die täglichen Anrufe, er widersetzte sich nicht. In der zehnten Woche blieb sein Anruf eines Morgens aus. Sie versuchte, ihn über das Handy zu erreichen, aber niemand meldete sich. Er hatte für einige Tage in einer anderen Filiale der Firma in

Nagasaki aushelfen sollen, hätte eigentlich dort schon angekommen sein müssen. Endlich klingelte gegen Mittag ihr Telefon. Man habe ihn in einem Hotel untergebracht, er habe dummerweise sein Handy in Tokyo vergessen, ob nicht die nächsten Tage sie ihn anrufen könne, das Telefonieren aus dem Hotel sei völlig überteuert. Er gab ihr die Nummer, sie rief zurück, nannte dem Portier den Namen ihres Mannes und wurde sofort verbunden. Erleichtert machte sie sich auf den Weg ins Restaurant. Als sie am nächsten Morgen wieder im Hotel anrief, sagte ihr der Portier auf Englisch, sie habe Pech, Mr und Mrs Mira seien gerade ausgegangen, er selbst habe ihren Schlüssel entgegengenommen. Sie fragte noch einmal nach, aber es bestand kein Zweifel, der Portier sprach von *Mr and Mrs Mira.* Sie bedankte sich, legte auf und schaute lange aus dem Fenster. Es war ein schöner Samstag morgen, die Sonne stand schon hoch am unbewölkten Himmel, bald würde es Frühling werden. Als sie mittags in dem Restaurant auf ihr Essen wartete, fiel ihr auf, wie jung die Bedienung war, wie zuvorkommend sie die Bestellungen der Gäste aufnahm und für jeden ein freundliches Lächeln übrig hatte. Sie ging auf die Toilette und betrachtete sich selbst im Spiegel. Sie war zweiunddreißig, und bislang hatte sie noch jeder jünger geschätzt, ohne daß sie selbst besonders auf ihr Aussehen hatte achten müssen. Sie überlegte, wie lange das wohl noch so bleiben würde. Gleichzeitig fand sie die Vorstellung kindisch, daß ihre Ehe tatsächlich von solchen Klischees abhängen könnte. Daß es am Ende tatsächlich immer auf dasselbe hinauslaufen sollte. Sie ging zurück an ihren Tisch und beendete das Essen. Auf dem Rückweg kam sie an einer Kunstbuchhandlung vorbei, in der sie sich früher schon einmal Bücher über Japan angeschaut hatte. Sie betrat den Laden und erfragte sich den Weg zu einem Regal mit Porträt- und Aktfotografie. Zwischen Büchern von Diane Arbus und Helmut Newton fand sie den Band eines japanischen Fotografen, der zahlreiche Fotos von gefesselten und geknebelten, nackten jungen Japanerinnen enthielt. Sie studierte die Gesichter und Körper der Frauen mit fast wissenschaftlichem Interesse, bis sie bemerkte, daß ein älterer Mann ihr neugierig über die Schulter blickte. Sie klappte das Buch zu, bezahlte es an der Kasse und verließ die Buchhandlung. Jetzt wußte sie nicht weiter. Sie wollte noch nicht nach Hause. Eine Minute lang stand sie unschlüssig an einer Straßenecke, dann sah sie, nicht weit die Straße hinunter, ein Kino. Sie schaute auf die Uhr, kurz vor drei, gleich müßte eine Vorstellung beginnen. Um diese Zeit waren außer ihr nur wenige andere Personen in dem dunklen Kinosaal. Sie achtete nicht auf die Handlung des Films, nach einer Zeit hatte sie nicht einmal mehr die Leinwand scharf im Blick. Alles, was dort oben geschah, nahm sie nur als grobe Umrisse und Farben wahr. Sie kam sich vor wie ein Insekt. Nach dem Ende des Films stand sie als letzte auf, als schon die Lichter im Saal angingen. Draußen war das Wetter noch immer schön. Sie holte den Wagen aus dem Parkhaus und fuhr in Richtung Süden aus der Stadt heraus. Auf der Autobahn war dichter Verkehr, bald nahm sie eine Ausfahrt und fuhr auf der Landstraße weiter. Sie wußte nicht mehr genau, wo sie war. Die Namen auf den Straßenschildern wurden immer abwegiger, sie konnte sie nicht einmal mehr aufgrund ihres Klanges einer bestimmten Gegend zuordnen. Zwischen zwei kleinen Ortschaften bog sie in einen Waldweg ein, der sie eine Zeitlang unter großen Tannen hindurchführte, dann aber wieder auf den Waldrand stieß und dort auf den nächsten paar hundert Metern den Wald von einem umzäunten Kornfeld trennte. Auf dieser Grenzlinie schließlich hielt sie den Wagen an, schlug die

Hände vors Gesicht, lehnte den Oberkörper auf das Lenkrad, daß kurz die Hupe ertönte, begann zu weinen, steigerte sich in ein heftiges Schluchzen, ließ wieder nach mit dem Weinen und verfiel in einen tiefen Schlaf. Ein Klopfen weckte sie. Sie hörte es erst von weitem, ohne sagen zu können, woher es kam, dann, mit dem Wachwerden, wurde es immer deutlicher, es mußte seinen Ursprung rechts von ihr haben, vielleicht einen Meter entfernt. Langsam hob sie den Kopf aus den Händen und schaute in die Richtung des Geräusches. Es war der frühe Sonntag morgen, ein Jogger stand vor dem Beifahrerfenster und zeigte ein erleichtertes Gesicht, jetzt, da sie endlich auf sein Klopfen gegen die Scheibe reagiert hatte. Elisabeth erschrak. Für einen Moment hatte sie nicht mehr gewußt, wo sie überhaupt war, und dann dieser fremde Mann, der jetzt Gesten der Beschwichtigung machte. Sie schaute in sein Gesicht, er war vielleicht vierzig und sah eigentlich harmlos aus. Sie beugte sich zur Beifahrertüre hinüber und kurbelte das Fenster herunter. Es tut mir leid, wenn ich Sie erschreckt habe, sagte der Jogger, ich war nur in Sorge, ob bei Ihnen alles in Ordnung ist. Eine Beruhigung ging von seiner Stimme aus, und Elisabeth entschloß sich, ihm weiter zu trauen. Sie öffnete die Tür und winkte ihn ins Auto. Nun zögerte der Mann, stieg aber dann doch ein und setzte sich neben sie, die Tür ließ er offen. Beide schwiegen sie. Irgendwann fing sie an, ihm alles zu erzählen, von ihrem Mann und seiner Reise, wie eigentlich immer alles gutgegangen sei zwischen ihnen, von dem Moment am Telefon, als der Portier die Worte *Mr and Mrs Mira* benutzt hatte, von ihrer ziellosen Fahrt bis an diese Stelle, und wie sie damals den Wagen gekauft hatten. Die ganze Zeit über hörte der Fremde aufmerksam zu. Dann, als sie geendet hatte, räusperte er sich kurz und sagte: Bei allem Respekt, aber ich glaube, hier liegt ein Mißverständnis vor. Sie schaute ihn voller Unverständnis an. Ich glaube, fuhr er fort, der Portier hat Ihren Mann mit einem anderen Gast verwechselt. Wissen Sie, ich war selbst schon einige Male in Japan, und ich kenne auch das Hotel, in dem Ihr Mann untergebracht worden ist. Ihr Unverständnis verwandelte sich langsam in Staunen. Viele ausländische Firmen, vor allem amerikanische, bringen dort ihre Geschäftsreisenden unter. Sicher haben Sie schon davon gehört, daß die meisten Japaner Schwierigkeiten mit dem Unterschied zwischen *r* und *l* haben. Sie nickte. Nun, Ihr Nachname klingt für einen Japaner ganz ähnlich wie der recht häufige englische Name *Miller*, und deshalb nehme ich, wie gesagt, an, daß alles auf einem Mißverständnis beruht. Sie lachte. Das glaube ich nicht, sagte sie, beinahe gegen ihren Willen. Haben Sie die Nummer des Hotels dabei? Sie kramte einen Zettel aus ihrer Handtasche hervor, er hatte plötzlich ein Handy in der Hand. Mit offenem Mund beobachtete sie, wie er wählte, einige Sätze Japanisch redete, wartete, ihr dabei einen aufmunternden Blick zuwarf, dann kurz lachte, wieder etwas auf Japanisch sagte und ihr dann den Hörer reichte. Sie hörte die Stimme ihres Mannes, der fragte, mit wem er denn überhaupt spreche. Sie wußte nicht, was sie sagen sollte. Der Jogger war ausgestiegen und stand in der offenen Tür, das Gesicht dem Feld zugewandt. Er wartete, bis sie auf der Fahrerseite ausstieg und ihm über das Autodach hinweg das Handy zurückgab. Danke, sagte sie. Er führte die Hand zur Stirn zu einem knappen Gruß, lächelte, schloß die Tür und joggte davon. Seine Begegnung mit Elisabeth hatte ihn etwa eine Viertelstunde gekostet, aber da er ein sehr gewissenhafter Läufer war, fügte er die verlorene Laufzeit seinem normalen Plan hinzu, so daß er an diesem Tag fünfzehn Minuten später als gewöhnlich nach Hause zurückkehrte. Seiner Frau fiel diese

Unregelmäßigkeit sofort auf, und sie fragte ihn nach dem Grund. Ich erzähl's dir nach dem Duschen, rief er ihr zu und war schon im Bad verschwunden. Später setzte er sich zu ihr in die Küche. Während sie die Möhren putzte und schnitt, war er für die Zwiebeln zuständig. Er hatte ihr von seiner Begegnung im Wald erzählt, jetzt dachte er laut weiter darüber nach. Ist es nicht merkwürdig, daß ich jetzt schon zum zweiten Mal sozusagen jemanden gerettet habe dadurch, daß ich beim Joggen das Handy mitnehme? Du meinst die Sache damals in Berlin? griff seine Frau die Anspielung auf. Er nickte. Und weißt du noch, führte er den Gedanken weiter, wie damals alle, auch du, Witze darüber gemacht haben? Es ist ja auch ein bißchen ungewöhnlich, gab seine Frau zu bedenken. Ja und? Wenn ich damals nicht den Notarzt gerufen hätte, wäre die Frau wahrscheinlich gestorben. Ich habe von Anfang an gesagt, daß ich mir das Handy nicht kaufe, damit man mich immer erreichen kann, sondern im Gegenteil, damit *ich* immer jemanden erreichen kann. Da ist es doch logisch, daß ich das Handy dann auch überall mit hinnehme, oder? Du hast ja recht, beschwichtigte ihn seine Frau, kannst du auch noch die Zucchini machen? Er holte die Zucchini aus dem Gemüsekorb, wusch sie und begann damit, sie in dünne Scheiben zu schneiden. Übrigens glaube ich nicht, begann seine Frau nach einer Weile erneut, daß du jetzt hundertprozentig bewiesen hast, daß ihr Mann ihr wirklich treu gewesen ist. Wie kommst du denn darauf? fragte er argwöhnisch. Na ja, erklärte sie, bloß weil das jetzt ein Mißverständnis war, heißt das noch lange nicht, daß er in Wahrheit nicht vielleicht doch was mit einer anderen hat. Letzte Wahrheiten, machte ihr Mann verächtlich, du willst mir nur meine gute Tat nicht gönnen. Schweigend schnitten sie weiter. Das Wichtigste, griff er dann den Faden wieder auf, ist ja wohl, daß sie ihm jetzt wieder vertrauen kann. Glaubst du wirklich? blieb seine Frau skeptisch. Und im übrigen, versuchte er es schließlich von einer anderen Seite, glaube ich nicht, daß ein deutscher Mann sich wirklich in eine Japanerin verlieben könnte. Sie mußte lachen. Stimmt, sagte sie, daran habe ich nicht gedacht. In diesem Moment fiel ein Sonnenstrahl durch das gegenüberliegende Fenster genau auf ihr Gesicht. Ihr Haar schimmerte tiefschwarz, ihre Augen funkelten, und für einen Augenblick sah sie genauso aus wie an jenem Tag vor vielen Jahren, als er ihr Gesicht am Bahnhof Shinjuku zum ersten Mal aus der Menge heraus auf ihn zukommen gesehen hatte. Das war's, sagte er und wies stolz auf den Haufen Zucchinischeiben vor ihm, was kommt jetzt?

1995

HACO Would You Like Some Mushrooms?

Für jeden, der in ein fremdes Land geht mit der Perspektive, dort eine längere Zeit zu verbringen, vielleicht sogar das Leben, ist es am Anfang wichtig, dort in der Fremde eine bestimmte vertraute Umgebung wiederzufinden. Oft sucht man deshalb die Gesellschaft von Landsleuten, mit denen man seine eigene Sprache sprechen kann und die gleichen Feste feiert. Wer bei sich zu Hause gerne Fußball gespielt hat, wird auch im Ausland die ersten neuen Freunde unter den dortigen Fußballspielenden treffen. Doch ist dies sicher eine unzulässige Erklärung für den Umstand, der Xin schon am ersten Sonntag nach ihrem Umzug in Berlin den Gottesdienst einer freien Gemeinde in Tempelhof aufsuchen ließ. Inzwischen hatte sie sich fast schon daran gewöhnt, daß in Deutschland solche öffentlichen Versammlungen ohne weiteres möglich waren, und dennoch überkamen sie auch dieses Mal wieder Tränen der Dankbarkeit, wie zu Beginn in beinahe jedem Gottesdienst in Hamburg, wo sie vorher gewohnt hatte. Dort, in der Gemeinde in Hamburg, hatte sie auch eine andere Chinesin kennengelernt, die schon länger in Deutschland lebte. Diese hatte Xin angeboten, mit ihr nach Berlin zu gehen, wo sie selbst jetzt als Krankenschwester arbeitete. Nun teilte sich Xin seit einem halben Jahr eine Wohnung in der Schönhauser Allee mit ihr, nachdem sie vorher ein Jahr lang bei der Familie ihrer älteren Schwester in Hamburg gelebt hatte. In China hatte Xin in einer Genossenschaft gearbeitet, die für den Anbau und Vertrieb von Pflaumenwein zuständig war, sie war sehr fleißig gewesen und hatte einmal sogar eine Auszeichnung erhalten, hier in Deutschland aber hatte sie damit nicht viel anfangen können. In Hamburg hatte sie eine Stelle als Putzhilfe gehabt, in Berlin arbeitete sie nun als Bedienung in einem Chinarestaurant. Sie lernte Deutsch in einem Kurs an der Humboldt-Universität, für die Alltagsverständigung reichte es schon, aber sie wollte noch besser werden, irgendwann ohne Fehler sprechen. Einmal in der Woche traf sie sich mit einem Mann aus der Tempelhofer Gemeinde, der Chinesisch lernte, zum Sprachaustausch. Er half ihr auch bei den Vorbereitungen zu den Klausuren und Diktaten, die sie im Rahmen des Kurses regelmäßig schreiben mußte. Einmal etwa mußte sie einen längeren Aufsatz über eine Reise schreiben, die sie gemacht hatte. Sie hatte zuerst nicht gewußt, worüber sie schreiben sollte, denn sie war noch nie richtig in Urlaub gewesen, aber dann fiel ihr ein, daß sie kurz nach ihrer Ankunft in Deutschland mit ihrer Schwester für ein Wochenende nach Köln gefahren war. Also beschrieb sie die Zugfahrt und ihre Ankunft am Kölner Hauptbahnhof, den Dom, ihre Wege durch die Stadt und die Übernachtung bei einem deutschen Bekannten ihres Schwagers, all die neuen Eindrücke, die sie an diesen zwei Tagen bekommen hatte. Auf die letzte Seite ihres Aufsatzes klebte sie zur Veranschaulichung und auch als Beweis, daß ihre Geschichte wirklich wahr war, zwei Fotos von sich und ihrer Schwester, die sich auf der Domplatte gegenseitig fotografiert hatten. An dem Tag, als im Deutschkurs die korrigierten und benoteten Aufsätze zurückgegeben wurden, bat sie der Lehrer, nach der Stunde noch kurz dazubleiben. Gespannt wartete Xin, bis alle anderen Schüler den Raum verlassen hatten, dann trat sie nach vorne an den Tisch des Lehrers. Ihm sei da etwas Merkwürdiges aufgefallen, sagte der Lehrer und ließ sich von Xin noch einmal ihren Aufsatz zeigen. Sehen Sie, sagte er und schlug die Seite mit den Fotos auf. Mit dem Finger wies er auf einen Mann, der auf beiden Bildern im Hintergrund zu sehen war. Bei genauerem Hinsehen konnte man erkennen, daß er ein T-Shirt mit der Aufschrift *I am in your picture* trug. Sein Gesicht war verdeckt von seiner Kamera, mit der er im Moment der Aufnahme selbst die Fotografierende aufgenommen haben mußte. Zumindest sah es so aus, da er seine eigene Kamera genau auf das Objektiv der anderen Kamera gerichtet hielt. Xin war verblüfft, sie selbst hatte den Mann noch nie bemerkt. Was bedeutet das? fragte sie den Lehrer, der nur den Kopf schüttelte. Vielleicht Kunst, mutmaßte er. Auf jeden Fall eine gute Idee. Er lachte, als er Xins noch immer überraschtes Gesicht sah. Irgendwo, meinte er schließlich, gibt es ein Gegenpaar zu ihren zwei Fotos, auf denen Sie und Ihre Schwester genau umgekehrt zu sehen sind als hier. Xin sagte, sie finde diese Vorstellung ein wenig unheimlich. Aber nicht doch, widersprach der Dozent, eigentlich ist es doch beruhigend zu wissen, daß auch andere Leute Fotos von einem haben, zur Erinnerung meine ich. Xin nickte zögernd mit dem Kopf. Der Lehrer war vielleicht zehn Jahre älter als sie, wirkte aber noch immer jungenhaft. Sie fragte sich, warum er ihre Fotos so genau angesehen hatte. Ich muß gehen, sagte sie. Der Lehrer entschuldigte sich, er habe sie nicht aufhalten wollen. Xin nahm den Aufsatz und steckte ihn in ihre Tasche. Auch der Lehrer nahm seine Unterlagen, gemeinsam gingen sie zur Tür. Bitte sehr, sagte er und ließ ihr den Vortritt. Abends erzählte sie ihrer Schwester am Telefon von dem Mann auf den Fotos. Die Schwester sah es mehr von der komischen Seite, sie fand die Vorstellung lustig, daß jemand so ein T-Shirt anziehe und sich dann auf die Lauer lege, um ahnungslose Touristen beim Fotografieren zu fotografieren. Xin sagte, sie finde das nicht lustig, sondern bedrohlich. Sie solle nicht übertreiben, meinte die Schwester, da sei ja nichts dabei.

Dann redeten sie weiter über andere Dinge. In den nächsten Stunden des Deutschkurses wurde Xin das Gefühl nicht los, daß der Lehrer sie anders behandele als die übrigen Schüler. Es kam ihr vor, als suche er häufiger den Augenkontakt mit ihr, als herrsche ein stilles Einverständnis zwischen ihnen. Sie bedauerte dann, die Fotos in den Aufsatz hereingenommen zu haben, durch die diese neue Situation erst entstanden war. Dabei war es seit jenem Tag zu keinem weiteren persönlichen Gespräch zwischen ihr und dem Lehrer gekommen, hatte es keine Gelegenheit gegeben, in der er in irgendeiner Weise sich anders verhalten hatte als eben ein Lehrer. Eines Tages hörte Xin, wie sich zwei ihrer Mitschülerinnen in der Pause über die Vergangenheit des Lehrers unterhielten, eine der beiden habe da so etwas gehört. Xin wollte genau wissen, um was es gehe, und so erfuhr sie, daß ihr Lehrer wohl vor einigen Jahren von der Universität geflogen sei, weil er etwas mit einer seiner Studentinnen angefangen habe, im übrigen solle sie das besser für sich behalten, da auch sie, die Mitschülerin, nur von einer anderen davon gehört habe. Xin zeigte sich empört, es sei nicht recht, hinter dem Rücken des Lehrers solche Lügen zu verbreiten, sicher wolle jemand ihm damit nur schaden, sie selbst halte ihn für einen sehr guten Lehrer. Die beiden anderen verteidigten sich gar nicht erst; peinlich berührt von Xins Vorhaltungen, die sie für scheinheilig hielten, entfernten sie sich und sprachen auch bis zum Ende des Kurses nicht mehr mit ihr. Xin selbst war überrascht von ihren eigenen Worten und der Vehemenz, mit der sie den Lehrer in Schutz genommen hatte. Ihre eigenen Bedenken freilich waren damit nicht entkräftet, auch in den nächsten Stunden wich sie dem Blick des Lehrers aus, beteiligte sich weniger am Unterricht. Dies blieb nicht ohne Folgen: Eine Woche vor der letzten Klausur kam der Lehrer in einer Pause an ihren

Tisch und sprach sie darauf an, daß ihre mündlichen Leistungen in der letzten Zeit sehr nachgelassen hätten, ob sie irgendwelche Schwierigkeiten habe, er wolle sich da nicht in private Dinge einmischen, aber gerade angesichts der letzten Klausur müsse er sie darauf hinweisen, daß sie Gefahr laufe, die nötige Punktzahl nicht zu erreichen, falls ihre schriftlichen Leistungen sich ebenfalls in solchem Maße verschlechtert haben sollten. Nein, nein, sagte Xin, sie habe keine Schwierigkeiten, sie sei nur neuerdings immer ziemlich müde. Sie sind doch nicht schwanger? fragte der Lehrer. Xin lachte verlegen, so habe sie das nicht gemeint. Als der Lehrer merkte, daß er von ihr nicht mehr erfahren würde, riet er ihr abschließend, sich jedenfalls gründlich auf die Klausur vorzubereiten, dann ging er zurück an seinen Platz vorne an der Tafel. Die Klausur kam, Xin bestand sie mit *gut*, dann war der Kurs vorbei, der Folgekurs im Herbst würde von einem anderen Lehrer geleitet werden. Den größten Teil des Sommers verbrachte Xin in Berlin, zwei Wochen im August aber war sie mit ihrer Mitbewohnerin in Basel, die dort Verwandte hatte. Als sie während der zwei Wochen an einem Sonntag diese Verwandten in einen Gottesdienst begleitete, predigte dort ein Pastor aus den USA, der in der Vergangenheit schon mehrmals Prophetien empfangen hatte, die dann auch eingetreten waren. Nach seiner Predigt ging er durch die Reihen und gab auch diesmal wieder einzelnen ein prophetisches Wort. Als er an Xin vorbeikam, blieb er stehen und sagte ihr, daß ein neuer Mann in ihre Gemeinde käme, der ihr Ehemann würde. Xin war schockiert. Zwar hatte sie auch in China schon solche Prophetien erlebt, doch noch nie war sie selbst von einer betroffen gewesen. Sie wußte nicht, ob sie sich freuen sollte bei der Vorstellung, in naher Zukunft irgendeinen fremden Mann zu heiraten, wer konnte schon wissen, was für Männer da in der Gemeinde auftauchen würden? Entsprechend besorgt ging sie, wieder zurück in Berlin, in der ersten Zeit in die Gottesdienste in Tempelhof, jeden Sonntag betete sie nach dem Aufstehen, daß für den Fall, daß an diesem Tag ein neuer Mann in die Gemeinde käme, es einer sei, der ihr auch gefalle. An einem Sonntag im Oktober kündigte der Pastor an, der neue Praktikant werde in der nächsten Woche schon einmal kommen und sich vorstellen, bevor er dann im Dezember seinen Dienst in der Gemeinde beginne, seine Frau bringe er auch gleich mit. Xin verstand überhaupt nichts mehr. Wie konnte denn der neue Mann in der Gemeinde, der ihr versprochen war, schon eine Frau haben? Sie sprach mit dem Pastor darüber, der meinte, die Prophetie besage ja nicht, daß der *nächste* neue Mann ihr zukünftiger Mann sei, sondern lediglich *ein* neuer Mann. Wie sie dann aber wissen solle, welcher der Richtige sei? So wie alle anderen auch, sagte der Pastor, ihr müßt eben zueinander passen. Auf dem Weg zur U-Bahn traf sie ihren Lehrer in Begleitung eines Mannes, den sie nicht kannte. Sie grüßten sich und stellten einander vor, der Mann war ein Freund des Lehrers, der vor kurzem in der Nähe eine Wohnung bezogen hatte, zusammen waren sie auf dem Weg dorthin. Als der Freund die genaue Adresse nannte, meinte Xin, das sei direkt gegenüber ihrer Gemeinde gelegen, wenn er wolle, könne er ja einmal zu ihnen in den Gottesdienst kommen. Sie hatte das eher aus missionarischer Routine gesagt, aber plötzlich ging ihr auf, was es bedeuten könnte, wenn dieser Freund tatsächlich in die Gemeinde käme! Etwas abrupt streckte sie ihm die Hand entgegen und sagte: Ich heiße Xin, denn ihr Lehrer hatte sie zuvor nur mit dem Nachnamen vorgestellt. Der Vorname des Freundes war Hubert, der des Lehrers Anton. Sie erklärte noch etwas über die Gemeinde, dann sagte Hubert, sie müßten los, und sie verabschiedeten sich voneinander. In der Bahn betete Xin und dachte darüber nach, daß Gott ausgerechnet ihren Lehrer benutzte, dem gegenüber sie so zwiespältige Gefühle gehabt hatte, um jetzt also Hubert in ihre Gemeinde zu führen. Unter diesen neuen Umständen schien ihr nun auch der Lehrer gar nicht mehr bedrohlich, im Gegenteil, eigentlich mußte er ganz nett sein, wenn er solche netten Freunde hatte. Sollte sie ihm durch Zufall noch einmal begegnen, wollte sie ihm von ihren Verdächtigungen erzählen und sich dafür bei ihm entschuldigen. Dann dachte sie wieder an Hubert, wie er wohl sein mochte, ob sie wirklich gut zueinander paßten, ob er vielleicht schon am nächsten Sonntag käme? Sie zählte die Tage bis dahin, jeden Abend machte sie ein rotes Kreuz auf ihrem Wandkalender für den erledigten Tag. Am Samstag hatte sie frei im Restaurant, bald wurde ihr die Zeit zu lang und sie verließ das Haus. Jemand hatte ihr von dem Museum für Naturkunde erzählt, vielleicht war heute ja ein guter Tag für einen Besuch dort. Als sie gerade an der Kasse eine Karte lösen wollte, trat von hinten ein Mann an sie heran. Es war Anton, der sie erkannt hatte und kurz hallo sagen wollte. Sie aber erinnerte sich an ihren Vorsatz und fragte, ob er nicht etwas Zeit habe, sie könnten doch irgendwo etwas trinken und sich unterhalten. Zusammen gingen sie bis zur Chausseestraße, dort kannte Anton ein kleines Café mit anatolischer Küche, das sehr leckere Suppen führte. Auf seinen Rat hin bestellte Xin wie er eine Tomatensuppe. Anton erklärte ihr, daß er es eigentlich immer vermeide, sich mit Schülern privat zu treffen, damit keine falschen Vorstellungen entstünden, aber sie sei ja nun fertig mit dem Kurs und würde ihn auch nicht weiter als Lehrer haben. Da das Thema nun schon einmal angeschnitten war, erzählte Xin von ihren Eindrücken und auch von dem Gerücht, das sie gehört hatte. Anton wurde ernst, das sei kein Gerücht, sagte er, sondern leider die Wahrheit. Er erzählte ihr, wie er von zwei seiner Studentinnen in eine Falle gelockt worden war und sich daraufhin lieber selber angezeigt hatte, als sich erpressen zu lassen, aber natürlich hatte er seine damalige Stelle trotzdem verloren. Das tut mir leid, sagte Xin. Dann kamen die Suppen, die wirklich vorzüglich schmeckten, die Stimmung der beiden hellte sich auf. Xin fragte, wie es übrigens Antons Bekanntem gehe, diesem Hubert. Er sei eine Woche in England, erfuhr sie, auf einem buddhistischen Seminar. Anton lächelte, deswegen glaube ich auch kaum, sagte er, daß er einmal in den Gottesdienst kommen wird. Bei Gott ist nichts unmöglich, widersprach Xin. Hm, machte Anton und überlegte einen Augenblick, bevor er wieder etwas sagte.

1987

PHEW Youth

Peter hatte den Sommer auf den Balearen verbracht und war, infolge einer Lebensmittelvergiftung, die er sich durch das Trinken von Leitungswasser zugezogen hatte, in einem kleinen spanischen Hospital gelandet, wo er ein Bett neben einem jungen Amerikaner bekam, der aus Boston stammte. Da dieser kein Wort Spanisch verstand, half Peter ihm als Übersetzer aus und erlangte auf diese Weise seine ganze Sympathie und Dankbarkeit, ebenso die seiner jungen Reisebegleiterin, die ihn täglich besuchte. Die beiden gingen gemeinsam zur Universität, und wie sich bald zeigte, waren sie gut befreundet, aber keineswegs ein Paar. Auch ihre Urlaubsplanung war, wie die Peters, durch die Erkrankung des Mannes, er hatte eine fiebrige Infektion, gehörig durcheinander gekommen, und so schien es beiden Parteien beinahe zwangsläufig, nach ihrer Entlassung aus dem Hospital, die bei beiden zufällig auf den gleichen Tag fiel, die restliche Zeit ihres Aufenthaltes zusammen zu verbringen. Die beiden hatten eine kleine Finca in den Bergen gemietet, in der ohnehin ein Zimmer ungenutzt geblieben war; Peter seinerseits hatte seine ganze Habe mit ins Hospital genommen, um sich das Geld für ein unbewohntes Hotelzimmer zu sparen, und so war sein Einzug beinahe so schnell ausgeführt wie beschlossen. Den ersten Abend lud er Adam und Susan, so hießen die beiden, zum Essen ein, er kannte ein gutes Restaurant von einem früheren Aufenthalt und wollte vor allem Susan mit seiner Ortskenntnis ein wenig beeindrucken. Er hatte sich bei ihrem ersten Krankenbesuch sofort in sie verliebt, sie hatte eine unbekümmerte Art, wie er sie an Frauen besonders mochte, außerdem traf sie auch äußerlich ziemlich genau seinen Geschmack. Nun wußte Peter aus eigener Erfahrung, daß es gerade auch unter langjährigen Freunden dazu kommen konnte, daß er oder sie insgeheim nach mehr verlangte als einer rein kameradschaftlichen Beziehung, und so nahm er sich vor, nach Anzeichen dafür bei Adam oder Susan zu suchen, bevor er selbst versuchen wollte, sich ihr zu nähern. Während des Essens achtete er dabei besonders auf die Blicke der beiden. Er hatte einmal einen Film gesehen, in dem eine Frau allein an der Art, wie ihr Mann einer anderen Frau wortlos nachgeschenkt hatte, erkannt hatte, daß die beiden ein Verhältnis hatten. Damals hatte er sich gefragt, ob dies nicht unrealistisch sei, doch mit der Zeit war er zu der Überzeugung gekommen, daß es im Gegenteil viele Frauen und sogar einige Männer gebe, die in der Lage seien, aus solchen Details auf alles mögliche zu schließen. Er selbst hatte angefangen, sich darin zu üben. Aber an diesem Abend fiel ihm an Adams und Susans Blicken und ihrem Verhalten gegeneinander nichts Besonderes auf. Sie kehrten spät in die Finca zurück, Peter wünschte eine gute Nacht und zog sich auf sein Zimmer zurück. Als er am nächsten Morgen auf die Terrasse hinausging, kam ihm aus dem Bad Adam entgegen, nur ein Handtuch umgeschlungen. Er hatte eine gute Figur, deutlich besser als die von Peter, der dies sofort bemerkte. Adam warnte ihn, daß das Wasser aus dem Tank morgens von der Nacht noch recht kalt sei, falls Peter da empfindlich sei, solle er lieber noch etwas mit dem Duschen warten, bis die Sonne das Wasser auf dem Dach etwas aufgewärmt habe. Schnell erwiderte Peter, daß er auch zu Hause meistens kalt dusche. Als er dann kurz darauf den Wasserhahn aufdrehte, hielt er sich vorsichtshalber die Hand vor den Mund. Beim Frühstück planten sie, was sie an diesem Tag machen wollten. Es stellte sich heraus, daß Adam und Susan gewöhnlich mit ihrem gemieteten VW-Bus auf gut Glück über die Insel fuhren, mal an einem schönen Strand den Tag verbrachten, mal in den Bergen spazierengingen, mal in einem kleinen Ort den Markt besuchten, und dergleichen mehr. Dieses Verfahren kam Peter, der vor allem um der Erholung willen den Urlaub angetreten hatte, sehr entgegen, wenn die beiden nichts dagegen hätten, wollte er sie einfach begleiten. Eine halbe Stunde später fuhren sie los. Peter saß in der Mitte der Rückbank, den Oberkörper vorgebeugt, um besser am Gespräch teilnehmen zu können. Sie redeten darüber, daß es eine Schande sei, daß die Insel so zu einem Ort des Massentourismus heruntergekommen sei, dabei sei die Landschaft eigentlich noch immer sehr viel schöner, als der Ruf, den die Insel inzwischen hatte, vermuten lasse. Peter versuchte, im Rückspiegel Susans Gesicht zu erkennen, aber aufgrund des eingestellten Winkels sah er immer nur Adam. Als sie aber dann eine gerade Strecke genau gegen die Sonne fuhren, klappte Susan die Beifahrerblende runter und blickte als erstes in Peters Augen, die in dem kleinen Schminkspiegel sichtbar wurden. Sie lächelten sich durch den Spiegel an, ohne daß Adam etwas davon mitbekam, zumindest schien es Peter so. Dann bogen sie um eine Kurve, die Sonne war jetzt wieder seitlich, und Susan klappte die Blende hoch. Adam erklärte, er fahre zu einer Ruine, die er und Susan gleich zu Beginn ihres Aufenthaltes entdeckt hätten, und die Peter sicher gefallen werde. Nachdem sie den Wagen geparkt hatten, gingen sie noch etwa eine Viertelstunde zu Fuß weiter in die Berge hinauf, bis sie oberhalb eines langgezogenen Tales haltmachten. Durch das Tal lief ein schmaler Bach, und an diesem Bach mußte einmal eine Siedlung existiert haben; die Überreste mehrerer Häuser standen in einem Kreis nahe dem Ufer des Baches. Dorthin stiegen sie jetzt hinab. Peter fragte die beiden, ob sie wüßten, was das früher einmal gewesen sei, aber dieselbe Frage hatten sie sich auch schon ohne Erfolg gestellt. Susan bemerkte, daß Peter doch Spanisch könne, er solle sich einmal bei den Einheimischen erkundigen. Peter sagte, das werde er ganz sicher tun. Als sie die erste Mauer erreichten, kam Peter der Gedanke, daß dies eigentlich der ideale Ort für ein Liebespaar war. Er stellte sich vor, wie Adam und Susan zum ersten Mal hierhergekommen waren, wie sie es sicher aufregend gefunden hatten, vielleicht die ersten seit langem zu sein, die diesen Ort betraten, sicher hatte Susan irgendwann angefangen, zwischen den Mauern umherzulaufen und sich zu verstecken. Und sicher hatte sie sich von Adam fangen lassen. Come over here, hörte er jetzt ihre Stimme vor sich. Sie stand vor einer der Mauern, Adam hatte sich zu seiner Linken in das Entziffern einer Inschrift vertieft. Peter ging hinüber zu Susan, die in Kopfhöhe eine Hand auf die Mauer gelegt hielt. Sie erklärte ihm, daß man so die Vergangenheit wieder lebendig machen könne. Peter machte eine alberne Bemerkung darüber, da griff sie seine Hand und führte sie neben sich an die Mauer. Don't you feel it? fragte sie. Und tatsächlich, jetzt fühlte Peter es. Er nahm seine Hand mit einem Ruck von der Mauer und gab Susan eine Ohrfeige auf die linke Wange. Susan schaute ihn überrascht an, dann wandte sie den Kopf und schaute nach Adam. Der war nirgends zu sehen. Sie tastete nach ihrer Wange und sagte zu Peter, sie wolle die Stelle in dem Bach kühlen, damit es zu keiner Schwellung komme. Peter meinte, das sei wohl das beste. Sie ging in Richtung des Baches, Peter machte sich auf die Suche nach Adam. Er fand ihn unter einem Baum sitzend, einige Meter von den Ruinen. Er setzte sich zu ihm, gemeinsam sponnen sie Geschichten aus über die vergessene Stadt in den Bergen. Nach einiger

Zeit kam Susan zu ihnen, ihre Wange wies keine Spur von Peters Schlag auf. Auch sie steuerte eine mögliche Vergangenheit des Ortes bei. Irgendwann meinte Adam, es sei langsam Zeit zurückzufahren. In der Finca kochten sie gemeinsam das Abendessen, nach dem Essen ging Peter auf sein Zimmer, um noch etwas zu lesen. In der Nacht wachte er einmal auf und mußte auf die Toilette. Auf dem Weg zurück meinte er von oben ein lautes Atmen zu hören, war sich aber nicht sicher, ob es vielleicht nicht nur der Wind gewesen sei. Er schlief bald wieder ein. Der nächste Tag war so heiß, daß sie beschlossen, den Tag auf der Finca zu verbringen. Jeder suchte sich einen Platz im Garten, an dem er seine Hängematte aufhängen konnte. Gegen Mittag hatte Peter sein Buch zu Ende gelesen und fragte Adam und Susan, ob sie noch etwas zum Lesen für ihn hätten. Beide hatten jedoch nur das Buch, in dem sie gerade selber lasen. Peter fragte, ob er den Wagen haben könne, um in die Stadt zu fahren und sich dort ein neues Buch zu kaufen. Sie hatten nichts dagegen. Es war gar nicht so einfach, unter den ganzen Souvenirläden eine Buchhandlung mit ausländischen Büchern zu finden; zwar konnte Peter ganz gut Spanisch sprechen, doch hatte er noch nie spanische Literatur gelesen. Schließlich fand er einen kleinen Laden, der einige englische Taschenbücher führte, hauptsächlich Krimis und Fantasyromane. Er kaufte ein Buch von Patricia Highsmith, von dem er gehört hatte, es handele von einem Amerikaner, der während einer Mittelmeerreise zum Mörder wird. Als er aus dem Laden heraustrat, kam ihm ein Mann entgegen, den er aus Deutschland kannte. Dieser hatte ihn schon erkannt und lachte laut. Das sei aber eine Überraschung, sagte er und hielt Peter die Hand entgegen. Hallo Daniel, sagte Peter, schön dich zu sehen. Sie beschlossen, etwas trinken zu gehen. Daniel erzählte, er sei gerade vor zwei Tagen angekommen, sein Hotel sei ein ziemlicher Reinfall, er überlege ernsthaft, den Reiseveranstalter zu verklagen. Peter bot ihm an, ebenfalls in die Finca zu ziehen, er sage das jetzt einfach einmal, die beiden Amerikaner hätten sicher nichts dagegen, sie seien im übrigen sehr nett. Ein Paar? fragte Daniel. Ja, sagte Peter, aber sie wollen nicht, daß man es merkt. Vielleicht ist einer von ihnen verheiratet, mutmaßte Daniel, ihn gehe es jedenfalls nichts an. Das sag' ich mir auch, stimmte Peter zu. Damit war dieses Thema abgeschlossen, und sie redeten über etwas anderes weiter. Sie fuhren zu Daniels Hotel, wo er auscheckte und seine Sachen holte. Als sie an der Finca ankamen, lagen Adam und Susan noch immer in ihren Hängematten im Garten. Peter stellte alle einander vor und schilderte Daniels Situation. Gegen Ende machte er einen Scherz, daß jeder neue Mitbewohner ja schließlich auch die Anteile bei der Miete senke. Allerdings mußte er sich in seinem Englisch nicht so glücklich ausgedrückt haben, da Adam und Susan auf diesen Scherz nur ganz sachlich reagierten, indem nämlich Adam sagte, daran habe er auch gerade gedacht. Dann holten sie Daniels Gepäck aus dem Wagen und brachten es ins Haus. Abends tranken sie Wein, den Daniel mitgebracht hatte. Daniel erklärte, er habe die Angewohnheit, jeden Morgen einen kurzen Dauerlauf zu machen. Er fragte, ob ihn am nächsten Morgen jemand begleiten wolle. Susan fand die Idee gut, sie habe schon seit längerem etwas Sport treiben wollen. Daniel warnte sie, daß sie sich für den Anfang nicht zu viel vornehmen solle, gerade bei diesem Klima, aber sie könne gerne mitkommen, man müsse nur möglichst früh laufen, wenn es noch nicht so heiß sei. Susan ließ sich nicht beirren, Daniel solle eine Zeit nennen, sie treffe ihn dann vor dem Haus. Sie machten sieben Uhr aus. Peter und Daniel blieben an diesem Abend noch länger auf der Terrasse sitzen. Daniel zeigte sich überrascht davon, wie gut Adam und Susan verbargen, daß sie zusammen seien. Wenn du es mir nicht vorher gesagt hättest, sagte er zu Peter, wäre ich nie darauf gekommen. Deswegen habe ich es dir ja gesagt, erwiderte dieser. Dann gingen sie schlafen. Am nächsten Morgen wurde Peter von einem aufgeregten Adam geweckt. Es war bereits elf Uhr, und Susan und Daniel waren noch nicht von ihrem Lauf zurückgekommen. Es müsse etwas passiert sein, meinte Adam, sie müßten sie suchen gehen. Peter hielt dagegen, daß sie vielleicht ein schönes Plätzchen gefunden und dann die Zeit aus den Augen verloren hätten. Davon wollte Adam nichts hören. Also zog Peter sich an und erklärte sich bereit, bei der Suche zu helfen. In der Finca ließen sie eine Notiz zurück für den Fall, daß Susan und Daniel aus eigener Kraft zurückkehrten, sie sollten dann dort warten, Adam und Peter seien auf jeden Fall bis vier Uhr nachmittags wieder zurück. Dann machten sie sich auf den Weg. Sie vermuteten, daß die beiden in Richtung Berge aufgebrochen waren und sich dort, wo es keine Häuser mehr gab, verlaufen hatten. Unterwegs sprachen sie nur, wenn sie sich an einer Kreuzung entscheiden mußten, wohin sie gehen wollten. Nach zwei Stunden hatten sie noch keine Spur der beiden gefunden. Sie machten eine kurze Pause und überlegten, ob sie sich nicht trennen sollten, um in kürzerer Zeit ein größeres Gebiet abzusuchen. Adam wandte ein, daß Peter sich nicht sehr gut in der Gegend auskenne, daher sei die Gefahr zu groß, daß er ebenfalls verlorengehe. Sie blieben also zusammen und setzten die Suche fort. Die Mittagshitze hatte jetzt ihren Höhepunkt erreicht, die Haut der beiden war schon krebsrot. Als sie so eilig aufgebrochen waren, hatten sie vergessen, etwas zu trinken mitzunehmen; nun trocknete ihnen langsam der Mund aus. Auch der Salzverlust durch das

Schwitzen nähme bald ein bedenkliches Ausmaß an. Als in einiger Entfernung der Eingang einer großen Höhle sichtbar wurde, erklärte Peter, es sei am sinnvollsten, dort erst die Hitze abzuwarten, es werde sonst auch für sie selbst gefährlich. Adam willigte nur ungern ein, schließlich wolle er Susan nicht im Stich lassen. Aber auch ihm schien es letztlich das Vernünftigste. In der Höhle war es sofort merklich kühler. Sie gingen noch weiter hinein und fanden Susan und Daniel, nebeneinander an die Höhlenwand gelehnt. Die beiden hatten sich tatsächlich verlaufen, dann war Susan gestürzt und hatte sich den Knöchel verletzt, wahrscheinlich war er gebrochen. Daniel hatte das Gelenk mit einem Ast geschient und sie auf dem Rücken getragen, bis die Hitze zu groß geworden war. Zum Glück hatten sie die Höhle entdeckt, in der sie bis zum Abend hatten warten wollen, um dann in der kühleren Abendluft noch einmal den Rückweg zu suchen. Nun warteten sie also alle vier gemeinsam. Abwechselnd trugen sie dann Susan auf dem Rücken und kehrten unter Führung von Adam, der den Weg kannte, schließlich gegen neun Uhr abends zur Finca zurück. Sofort legten sie Susan in den Wagen und fuhren zu dem Hospital, in dem auch Adam und Peter gelegen hatten. Unterwegs rieben sich alle ihre verbrannte Haut ein und tranken Wasser. Nachdem sie Susan in die Unfallstation eingeliefert und alle Formalitäten erledigt hatten, wollte Adam die Nacht bei Susan bleiben. Daniel und Peter nahmen den Wagen und fuhren zurück zur Finca. Peter fragte Daniel, worüber er in der Höhle mit Susan gesprochen habe. Es sei nichts Bestimmtes gewesen, antwortete Daniel, worüber man sich eben unterhalte, wenn man sich eigentlich noch gar nicht kenne. Peter fragte nicht weiter nach. Am nächsten Tag erzählte ihnen Adam, als sie ihn vom Krankenhaus abholten, er werde mit Susan schon vorzeitig in die

Staaten zurückfliegen, es schien, als traue er den spanischen Ärzten nicht ganz und wolle lieber einen bestimmten Arzt in Boston konsultieren. Peter und Daniel könnten aber gerne noch weiter in der Finca bleiben, bezahlt sei schließlich schon im voraus. Auch den Wagen sollten sie nehmen. Die beiden nahmen dieses Angebot an, wenn auch ungerne unter solchen Umständen, wie sie mehrmals betonten. Besonders Daniel machte sich Vorwürfe, daß er Susan zu dem Lauf überredet hatte. Darüber solle er sich jetzt keine Gedanken machen, sagte Adam großzügig, lieber solle er seinen Urlaub genießen. Noch am selben Abend brachten sie Susan und Adam zum Flughafen. Beim Abschied waren sie alle etwas befangen, zu unklar waren ihnen ihre Verhältnisse zueinander. Man tauschte Adressen aus, wünschte sich alles Gute für die Zukunft, vielleicht würde man sich einmal wiedersehen. Susan gab Peter und Daniel je einen Kuß auf die Wange, Adam klopfte den beiden kameradschaftlich auf die Schultern. Auf dem Weg zurück überholten Peter und Daniel auf der Landstraße einen alten Mann, der alleine zu Fuß unterwegs war. Daniel schlug vor, ihn ein Stück mitzunehmen. Eine Zeitlang fuhren sie schweigend, dann fragte Peter ihn auf Spanisch, ob er die verlassene Stadt in den Bergen kenne. Der Mann bejahte, und als Peter weiter fragte, was mit dieser Stadt geschehen sei, erzählte er mit langen Worten genau dieselbe Geschichte, die ein paar Tage zuvor auch Susan erzählt hatte. Als sie in das nächste Dorf kamen, ließen sie den Mann aussteigen, der sich mehrmals bedankte und sie einlud, ihn und seine Familie einmal besuchen zu kommen. Was ist das für eine Stadt, von der ihr die ganze Zeit gesprochen habt? wollte Daniel wissen. Ich zeig' sie dir, versprach Peter, gleich morgen fahren wir hin. Es ist wirklich sehr schön dort.

Diskographie

MARI: *My Favourite Things* vom Sampler *Sushi 3003,* Bungalow.

GUERNICA: *Belagerungszustand* vom Album *Denrisô-kara No Manakosashi,* Teichiku.

KEN ISHII: *Moved By Air* vom Album *Jelly Tones*, R & S.

SADISTIC MIKA BAND: *Sumie No Kuni-e* vom Album *Kurofune*, Eastworld.

AFTER DINNER: *The Variation Of »Would You Like Some Mushrooms?«* vom Album *Editions*, RéR Megacorp.

SPIRITUAL VIBES: *Image* vom Album *Before The Words*, Idyllic.

ANGEL'IN HEAVY SYRUP: *Bokudake-ga* vom Album *III*, Alchemy.

AUDIO ACTIVE: *Ala-Mecka-Bickally-Dub* vom Album *We Are Audio Active (Tokyo Space Cowboys),* ON-U.

EL-MALO: *Happy Goes Around* vom Album *The Worst Universal Jet Set,* Bellissima.

HIJOKAIDAN: *Sound Of Bay Area* vom Sampler *Land Of The Rising Noise*, Charnel House.

SLAP HAPPY HUMPHREY: *Tatoeba Bokuga Shindara* vom Album *Slap Happy Humphrey*, Public Bath.

MERZBOW: *Moon Over The Bwana A* vom Sampler *Land Of The Rising Noise*, Charnel House.

KAHIMI KARIE: *Good Morning World* vom Sampler *Sushi 3003,* Bungalow.

TENKO: *Moonlight Waltz* vom Album *At The Top Of Mt. Brocken*, RecRec.

CIBO MATTO: *Sing This All Together* von der EP *Super Relax*, Warner Bros.

YUKIHIRO TAKAHASHI: *Connection* vom Album *Neuromantic*, Spalax Music.

HIROSHI TAKANO: *Aikawarazusa* vom Sampler *Sushi 3003*, Bungalow.

RYOJI IKEDA: + / - vom Album + / -, Touch.

HACO: *Would You Like Some Mushrooms?* vom Album *Haco*, RéR Megacorp.

PHEW: *Youth* vom Album *View*, Les disques du soleil et de l'acier.